中华先锋人物
故事汇

王进喜

铁人是这样炼成的

WANG JINXI
TIEREN SHI ZHEYANG LIANCHENG DE

肖显志 著

图书在版编目（CIP）数据

王进喜：铁人是这样炼成的/肖显志著. — 北京：党建读物出版社；南宁：接力出版社，2019.4（2023.11重印）
（中华人物故事汇. 中华先锋人物故事汇）
ISBN 978-7-5099-1079-5

Ⅰ.①王… Ⅱ.①肖… Ⅲ.①传记小说-中国-当代 Ⅳ.①I247.5

中国版本图书馆CIP数据核字(2018)第276579号

王进喜——铁人是这样炼成的
肖显志　著

责任编辑：朱晓颖　苏宏健　李文雅
责任校对：杜伟娜　高　雅　刘会乔
装帧设计：严　冬　许继云　　美术编辑：高春雷
出版发行：党建读物出版社　接力出版社
地　　址：北京市西城区西长安街80号东楼（邮编：100815）
　　　　　广西南宁市园湖南路9号（邮编：530022）
网　　址：http://www.djcb71.com　　http://www.jielibj.com
电　　话：010-65547970/7621
经　　销：新华书店
印　　刷：保定市中画美凯印刷有限公司
2019年4月第1版　　2023年11月第12次印刷
787毫米×1092毫米　32开本　6.125印张　90千字
印数：101 001—106 000册　　定价：22.00元

版权所有　侵权必究

质量服务承诺：如发现缺页、错页、倒装等印装质量问题，可直接联系本社调换。
服务电话：010-65545440

目录

写给小读者的话 ············ 1

哭出了秦腔 ············ 1
吓退恶狗 ············ 9
群牛斗独狼 ············ 19
躲兵 ············ 25
油娃 ············ 35
肩上的大石头 ············ 43
我的刹把 ············ 49
考油工 ············ 57
党旗下 ············ 65
挪井架 ············ 75
汽车背个煤气包 ············ 85

风雪吹来的诗	93
"铁人"的由来	101
铁人的图形字	107
钻机扛在肩上	111
石油工人一声吼	119
第一口井喷油啦	127
土坑当床	135
干打垒	141
拼命也要拿下大油田	149
跳进泥浆池	155
埋掉斜井	161
跟师父学的	169
三根白发	177
总理送别	183

写给小读者的话

亲爱的读者朋友，北京的东北方向，有一片广阔的荒原。那里夏季一片绿色，碧草如茵；冬季寒风凛冽，白雪皑皑。那就是松嫩平原，大庆油田就坐落在那里。一九五九年，正值新中国成立十年大庆，在松嫩平原上发现了大油田，于是这片油田就被称为"大庆油田"。从此，中国从一个贫油国，走上了改变中国石油工业落后面貌的道路。在这条道路上，雄赳赳气昂昂地行走着中国石油工人队伍，走在他们最前面的就是"铁人"——王进喜。

一九六〇年三月，王进喜带领着他的钻井队，从玉门油田奔赴大庆油田。没有汽车运钻机，他就和工友们冒着凛冽的寒风和大雪，"人拉肩扛"；钻井需要大量的水，没有水，王进喜就和大家在荒原的沙湖上破冰取水；泥浆搅拌不匀，他就拖着受伤的腿跳入泥浆池，用身体搅拌泥浆……哗——油井终于喷出了黑色的油流……

为了早日拿下大油田，王进喜振臂喊出"石油工人一声吼，地球也要抖三抖""宁肯少活二十年，拼命也要拿下大油田""把我国石油工业落后的帽子扔太平洋去"的口号，他和高高的井架立在一起，一刻也不离开井场。饿了，啃一口凉馒头；渴了，抓把雪吃；困了，把老皮袄一铺，睡在土坑里……就这样，王进喜带领工人们创造了钻井全国最高纪录。房东老大娘说，王进喜真是个"铁人"哪！从此，铁人王进喜就被人们叫开了。

以王进喜为代表的中国石油工人以撼天动地的决心和金戈铁马的气势把中国贫油的帽子真的扔到了太平洋。

铁人王进喜究竟怎样"铁"，是什么把他变成铁打的人？翻开这本书，我们一起来认识这位"铁人"吧！

哭出了秦腔

"哇!"

一声响亮的哭声,从甘肃省玉门县赤金堡王家屯村口的一座茅草屋中冲出,冲破四处漏风的茅草屋,冲出低矮的土院墙,冲向荒凉的山坡……

"哇哇——哇——"

娃娃的哭声像长了翅膀,在旷野里扑棱棱地飞,飞过塬顶,惊动了一群石鸡,追逐着哭声飞进榆树林。

"哇哇——哇哇——哇哇——"

娃娃的哭声越来越响,越来越亮,越来越有劲。蜿蜒的祁连山都听到了——白蜡树树叶竖起了耳朵,矮矮的野刺梅踮起了脚,高大的橡树还嫌不够高，一个劲儿地拔高……

接生婆王三婶随着娃娃的哭声叫了起来："带小雀雀的！男娃子呀！"

中年得子，让当爹的庄稼汉王金堂高兴得不知道咋好了，在外屋不是转磨磨，就是一个劲儿跺脚，再不就搓着长满老茧的手……听到接生婆的喊声，他这才从外屋冲进来，上前要去抱娃娃。

"哎哎！"王三婶抬起胳膊挡住他，说，"打外头进来冷风寒气的，一边待着去！"

王金堂退到外屋，喜得一个劲儿搓手，儿子响亮的哭声敲打着他的耳膜，直往他心里头钻，钻得他心里跟着儿子的哭声一块儿翻腾……

"哦！哦——"儿子的哭声，王金堂越听越觉得是秦腔调，不由自主地随着吼起来——

他大舅他二舅都是他舅，
高桌子低板凳都是木头；
金疙瘩银疙瘩还嫌不够，
天在上地在下你娃要（biáo）牛。

爹爹的秦腔和儿子的哭声混在一块儿。哈！要把茅草屋顶给拱破喽！

娃的娘何占信把儿子抱在怀里，听着儿子的哭声、丈夫的秦腔，轻轻地悠着，沉浸在幸福的旋律中……

儿子还在哭，声声洪亮；爹爹还在吼，吼得粗犷——

男人下了田，

女人做了饭，

男人下了种，

女人生了产。

娃娃一片片，

都在塬上转……

娃娃哭着哭着，哭声戛然而止。

"咋回事？"爹爹也把秦腔停住了。

茅草屋陷入静寂。

"进来吧！"王三婶冲外屋喊了声。

王金堂赶忙奔进来，抱起儿子，扭头问王三

婶:"娃咋不哭了?"

何占信嗔怪地瞥了丈夫一眼,说:"都是你在外屋吼的,把儿子给吓住了。"

王金堂把儿子高高举过头顶,在屋里转着圈,嘴里胡乱地喊着:"儿子!我儿子!娃儿!我的娃儿!婆姨,我的好婆姨!"

"哇——"娃子突然又放开喉咙。

"哈哈!"王金堂大笑一声,随着儿子的哭声又吼起秦腔——

喝喜酒,

剃个亮亮的光光头;

光光头,

摸摸油油的光葫芦;

光葫芦,

呼呼啦啦过那个黄河口。

哥们儿那个快快走,

小心那个栽跟头。

娶下个好婆姨,

咱们那个喝喜酒。

吼嗨嗨——

"别吼了。"王三婶打断了王金堂的秦腔，说，"快找杆秤称称。"

"好好！这就来。"王金堂止住秦腔，嘴里这样说，可家里没有秤，干在屋里打转转。

妻子说："还不上赵大哥家去借？"

"嗯，这就去！"丈夫应着，转身出去了。不大会儿，他手里拿着一杆秤回来了，递给王三婶，说："称称吧！"

"把那筐拿给我。"王三婶指了下放在墙角的用芨芨草编的筐。

王金堂拿过筐，抱起儿子就要往筐里搁。王三婶瞪了他一眼，说："娃儿细皮嫩肉的，你舍得？"

王金堂应了一声，赶忙脱下褂子，垫在筐里，把娃儿放进了筐。

王三婶把秤拿过去，用秤钩钩住筐梁，慢慢挪动秤砣提绳，提绳正好在"十斤"星点上打住了。

"十斤！十斤哪！"王金堂兴奋得大叫。

"看秤，是十斤。"王三婶指指筐说，"这筐怕是有三斤半，你那褂子有半斤，这就是四斤。娃子实有分量最多也就六斤吧！"

"十斤，就是十斤！"王金堂执拗地说，"十斤吉利。十斤十斤，拾金子嘛！"

"妥！"妻子何占信说，"娃儿的小名就叫十斤娃吧！"

"十斤娃好！"王金堂把儿子从筐里捧出来，嘴里不断念叨着，"十斤娃，十斤娃，十斤娃……"

"光有小名不行啊！"王三婶说，"得起个大名，有个大名往后好上学啊！"

"对对！"王金堂连连点头，瞅着王三婶说，"他三婶，你就给起个吧！"

"好！"王三婶说着，眯起眼，想了会儿，说，"就叫王占山。"

"王——占——山——"王金堂琢磨了会儿，摇头说，"占山为王，那不是土匪吗？不中，不中。"

"再起个……"王三婶说，"叫王得财，财源广进。"

王金堂还是摇头，说："这名儿是地主老财家娃儿叫的,咱穷苦人家起不得。"

妻子何占信提醒丈夫:"按家谱,到娃儿这儿不是排到'进'字了吗?"

"对对!"王金堂对王三婶说,"大名中间得是'进'字。"

"王进财。"王三婶不假思索地脱口而出。

王金堂没寻思,就摇头说:"又是财,不中。再说,娃儿他堂兄就叫王进财。"

王三婶叹了口气,说:"那我就没词了。"

妻子何占信说:"得娃儿是喜事呀!咋就没词了呢?"

"有了!"王金堂一拍脑门儿,说,"不就是为了上学嘛,到了上学年龄,让先生给起个名不就结了嘛!小名就叫十斤娃吧!"

"哇——"十斤娃又突然放声大哭。

爹爹又吼起秦腔——

生了个娃儿十斤娃,
王家就此有盼头,
那啦呼嗨吼!

塬上挺起了十斤娃,

秦岭上立起了大山头。

那啦呼嗨吼!

"哇哇!哇——"儿子与爹爹一起吼起了秦腔。

吓退恶狗

王金堂家虽然有十几亩沙土地,一家人年年脸朝黄土背朝天地劳作,可收成还是让一家人难以糊口。在如此贫苦的家境里,十斤娃一口粮一口菜地长到了六岁。

这天傍晚,开私塾的李先生从王金堂家门前路过,王金堂认识他,就把先生让到屋里喝口水。

李先生刚坐到炕沿上,十斤娃就端上一碗水,说:"先生请喝水。"

李先生上下打量十斤娃一番,说:"这娃子该到上学堂的年龄了吧?"

"赶年儿六岁了。"王金堂唉声叹气地说,"填饱肚子都够忙活的了,哪有闲钱念书啊!"

"不念书怪可惜的……"李先生问,"叫啥名字?"

"还没起呢!"王金堂说,"正好,李先生就给起一个吧!到十斤娃这儿,排行是'进'字。他堂兄叫王进财。"

李先生捻着胡须思量一会儿:"就叫王进喜吧!"说完,用手指蘸着水在饭桌上写下"王进喜"三个字。

"你的大名叫王进喜。"王金堂指着饭桌上的字说,"十斤娃,记住,你的名字叫王进喜。"

"王进喜……"十斤娃端详着那三个字,说,"记住了,我叫王进喜。"

有了大名,十斤娃觉得一下子长高了许多。

李先生告辞,王金堂和儿子王进喜把他送出了村口。

李先生走远了,王金堂刚要转身,王进喜眼睛尖,远远看见他家地里头有一群人。"爹,你快看!"

是牛车在他家地里碾轧。

"祸害咱们家的庄稼。"王进喜往前头跑去。

村里有个大户叫黄汉青,为了把自家的地连成片,看中了王金堂家那十几亩沙土地,要强行霸占,就让家丁赶着牛车在地里乱走,把刚刚长到齐腰高的青苗轧倒一大片。

王金堂心疼啊!上前拽住拉车的牛,双目圆睁,吼道:"哪有这么欺负人的?"

这时,保长骑马赶来了,下令把王金堂抓起来。

王金堂不服,怒目而视,质问:"凭啥抓我?"

"嘿嘿!"保长冷笑,说,"你,妨碍公务……抓走!"

王金堂被抓进区公所关了起来。

盛夏炎热,王金堂又急火攻心,气得眼珠子要瞪出眼眶了,双眼一下子什么都看不见了。没法子,王金堂只好答应黄汉青的条件,低价把地卖了。王家的地到手了,黄汉青才把王金堂放了出来。

地没了,眼睛也看不见了,吃的更没有了,可不管咋样,也不能坐在家里等死啊!王金堂只好让儿子王进喜领着他出村讨饭。

只有六岁的王进喜用一根木棍牵着爹爹走上了讨饭的路……

讨饭，见人低三辈，就是比你小的也要叫"大爷"。要不，一口饭也讨不到。

王金堂和儿子王进喜性格都倔，犟得跟牛似的，宁可站着死，也不跪着生。可是，这能要到饭吗？要不到饭，就要饿肚子，就是等死。

儿子张不开嘴，爹就更难开口了。一开始，两个人端着饭碗，从村子这头走到那头，一口饭也要不到。

咕噜噜！咕噜噜！王进喜的肚子叫得山响，可还是张不开嘴叫喊讨要。

爹说："喜子，咱们爷儿俩这样要饭，非饿死不可。"

"爹，我……我张不开嘴。"王进喜嘟哝着。

"你个小娃子怕个啥！"爹摸了下儿子的头顶。

王进喜还是嘟哝："小娃子也张……张……张不开嘴……"

王金堂不吭声了，默默地跟着儿子走了一里多路才开口，说："瞅爹的——"

我,我,我是一个穷光蛋,

整天每日在大街上转。

养活我的有三件宝——

铺盖木棍筷子碗,

木棍能打狗,

碗筷一日供三餐……

爹竟然吼起了秦腔。

听爹爹吼秦腔,王进喜也跟着吼起来——

肚子饿呀!

才要饭。

行行好啊!

剩菜剩饭给一碗。

爷儿俩用秦腔这么一吼,还真的见效,一户人家的门开了,一个小娃子端出一碗剩饭,倒进王进喜的碗里。

"谢谢啦!谢谢啦!"王进喜连连道谢。

"我们就吼秦腔要饭。"王金堂听着儿子吧唧吧唧的吃饭声说,"喜子,你多吃点。"

"嗯!我吃饱了。"王进喜把碗递到爹手里。

王金堂接过饭碗往嘴里扒拉一口,说:"好吃!好吃!"可吃着吃着,嘴巴停住了。

"咋了?"王进喜催促爹,"快吃啊!"

王金堂用筷子在碗边划了一圈,说:"喜子,你,你没吃呀!"

王进喜拍打着肚皮,说:"爹,我吃饱啦!吃得饱饱的了。"

"你,你是一口没吃呀!"王金堂鼻子一酸,眼泪差点落下来,一把搂过儿子,声音颤抖着说,"我的好儿子……"

"真的,真的吃饱了呀!"王进喜把肚皮拍得更响了。

"喜子,别蒙爹,爹眼睛看不见……"王金堂拍着儿子的头,说,"可爹的心里头亮堂着呢!你蒙不了爹。"

"爹……"王进喜只好认账,说,"那,那下一碗我多吃点还不行吗?"

"好儿子……"王金堂的眼泪落了下来,说,"喜子,我们往前走!"

王进喜牵起爹,爷儿俩又走进一个村子。

进了村口,爷儿俩还是吼起秦腔——

家里没地又没钱,

要饭要到您老人家门前。

若有剩饭剩菜给一碗,

您老积德又积善。

"汪汪!汪汪!汪!"

回答他们的是狗叫。

一条大黑狗从一家大门里冲出来,直奔王进喜爷儿俩。

王进喜急忙操起木棍,身子挡住了爹爹。

"快跑!把棍子给爹。"王金堂双手划拉着要棍子。

"不能跑。"王进喜挥舞着棍子,"越跑它越撵。"说着四下打量,看到路上有一块石头,弯腰捡起来,对着恶狗高高举起。

吓退恶狗

本来已经扑到眼前的恶狗突然停下了，吐着血红的舌头，冲着爷儿俩龇着尖利的牙齿，嘴里喷着腥气。

可是，大黑狗光冲王进喜爷儿俩汪汪叫，就是不敢往上扑。

"爹，往后退，往后退……"王进喜边说，边往后退，不过手里的石头还是举得高高的。

爷儿俩慢慢后退，退出一百多步，恶狗才扭头跑回去。

王金堂心里纳闷，说："恶狗咋没扑上来呢？"

"爹，我手里拿着石头呢！"王进喜掂掂石头，说，"我一直举着，恶狗就不敢扑上来了。"

哦！王金堂明白了，要是儿子把石头扔出去，恶狗见对方没了石头肯定会扑上来的。看来，打狗不一定用棍子，智慧要比棍子厉害。他心里默念：喜子，我的好儿子，真有道道儿。

吓退恶狗

群牛斗独狼

"哞——哞——"

正在野狼经常出没的妖魔山吃草的牛群,忽然发出惊恐的叫声。

"有狼!"王进喜从牛的叫声中听出来了。

另外四个跟他一起放牛的小伙伴一听,撒腿就往山坡上跑。山坡的石崖上有个山洞,是放牛娃避雨过夜的地方。

王进喜目光追着小伙伴的背影,却没跑。

他手里攥着放牛的鞭子,在蒿草丛中搜索着狼的身影。

一头在牛群外围的小花牛听到老牛的叫声,抬头朝这边张望,不知发生了什么。

王进喜站到一个土包上,想要从蒿草丛里发现偷袭牛群的狼。

他看到那些大牛不再悠闲地吃草,尾巴也不再悠闲地摆来摆去,而是夹在腚里。虽然王进喜才十岁,可他懂得牛紧张时才会这样做。

哦!王进喜终于看到了,有一簇蒿草晃动,那儿肯定藏着狼。

这时,牛们也一定发现了狼,哞哞叫着,纷纷往一起靠,越靠越紧,渐渐围成一个圈。

那头小花牛还愣着,跟不知事的小孩似的,感觉不到将要到来的危险。

这时,一头大黄牛冲出牛群,朝着小花牛奔过去。小花牛见大黄牛奔它来了,以为是要跟它玩,扭头就跑,跑向牛群外。

"勒勒勒——"王进喜摇着鞭子不停地呼唤小花牛。

大黄牛快步追上去,身子一横,拦住小花牛,顺势挺起犄角照它屁股一顶,把小花牛朝牛群赶去。

小花牛回到了牛群里。

身强力壮的牤牛①头朝外，屁股朝里，围成一个严严实实的圈，把小牛和老牛围在圈内。

狼，终于出现了。

是一只独狼。

也许正是脱毛季节，草黄色的狼毛掉得东缺一块西少一块，看上去就像长了癞疮，样子很丑陋。

俗话说，群狼好挡，独狼难斗。

独狼一般是挑战狼王失败后被驱逐出狼群的。因为狼群有了新的狼王，它便再也回不到原来的群体里了。失败、孤独和寂寞，让独狼变得凶残、暴戾、勇猛，要比一般的狼难斗得多。因此，在野外遇到独狼，要格外小心应付。

王进喜弯着腰回到牛群里，骑在一头大黑牛背上，一方面观察独狼，一方面指挥牛群。

这时，独狼已经来到牛群外，狗似的坐下来，静静地看着牛群，是在琢磨猎捕小牛的办法吧。

如果是独狼，凭着它自己的力量，只能捕杀小牛。

---

① 牤牛：指公牛。

然而，小牛已经被大牛围在了圈里，围得密不透风。

独狼开始动了，它先是绕着牛群跑了一圈，可是面向它的是一圈尖利的犄角，无从下口。

哈！独狼要是胆敢硬往里闯，牛犄角非把它的肚子给劙开不可。独狼可没那么傻。

它绕圈是在寻找缺口，有了缺口，就好进攻了。

可是，牛群围得紧紧的，没给独狼留下进攻的机会。但独狼绝不会善罢甘休，它突然嗷的一声往前一蹿，想要冲出一个缺口。

独狼失望了——外圈的牛没有被独狼吓到，一头头紧紧相互靠着，就像一堵墙。

"嗷！嗷！"独狼又进攻了两次，牛群还是岿然不动。独狼一接近，迎接它的就是公牛们的犄角。

见好就收吧！独狼可能也是这样想的，见几次试探进攻没能得逞，它只好晃晃尾巴，悻悻地钻进了蒿草丛中。

骑在牛背上的王进喜看得清清楚楚，独狼再厉害,再残暴,也冲不破团结的"牛阵"。

"哎嗨——狼走啦——出来吧——"王进喜摇着鞭子朝山洞喊。

另外四个放牛娃明明听到喊声,还是装作没听见似的,没有马上出来。他们是觉得刚才的逃避行为让自己蒙羞了。

啪!啪!王进喜把鞭子甩得震山响,冲山洞吼起秦腔——

山岗岗光光不长草,
山沟沟弯弯草儿长。
牛哞哞遇狼叫得响,
牛犊犊不再怕独狼!

王进喜唱起了秦腔,山洞里的小伙伴才耷拉着脑袋来到王进喜跟前。一个叫栓子的问:"喜子,你不怕……"

王进喜摇头,说:"牛都不怕,我怕啥?"

在他们五个放牛娃中,别看王进喜是年龄最小的一个,可他有主意,有胆量,还讲义气,让那四个小伙伴服气。

"小哥哥们,你们看,牛吃草,马吃料。牛拉车,牛犁地,出力最大,享受最少,还不怕狼,团结起来保护小牛犊。我们人就该学牛,像牛一样做人。"

没想到,十岁的王进喜能说出这样的话,让那四个长他好几岁的小伙伴连连点头。

躲兵

哐!

王金堂家的门被一脚踹开,房门痛苦地吱呀吱呀两声,歪到门框边。

保长李国功带着两个狗腿子闯了进来。

王金堂一惊,问妻子何占信:"谁?把门踹坏了咋整?"

"踹坏了……"一个狗腿子随后又是一脚,门真的坏了,从门框上脱离,倒在地上。

何占信上前捆(zhōu)起那门,戳在门框上,嘴里嘟囔着:"有事说事呗!犯得着踹门吗?"

"客气点!"李国功呵斥狗腿子一声,转脸对何占信说,"这不嘛,马家军要征兵……"话没说完，他两只鼠眼在屋子里四下看，问："你家十斤娃呢？"

何占信听了，心里咯噔一下，暗想：盯上我的十斤娃了……咋办？

"说！十斤娃哪儿去了？"狗腿子的声音比狗叫声还凶。

王金堂听出了保长是冲十斤娃来的，心就打哆嗦，便向李国功乞求："李保长，十斤娃他还小，就放过他吧！"

"我没记错的话……"李国功慢条斯理地说，"十斤娃赶年儿十四了吧？"

何占信接过话茬儿，说："十四了还是个孩子呀！多大点个娃娃，能当兵吗？"

一个狗腿子说："说是十四，看上去能有十八九。"

"李保长，你就放过十斤娃吧！"为了儿子，耿直的何占信还是说了软话。

李国功鼻孔里重重地哼了一声，说："我放过你儿子，十斤娃放过我了吗？"

王金堂和何占信一听，心揪了一下……看

来,李国功还记着去年修公路时,喜子带头逃跑那事……

一九三六年十月,红军一、二、四方面军在甘肃会师,顺利到达陕北后,便积极组织抗日统一战线。可是,盘踞在甘肃、青海的军阀马鸿逵、马步芳却加紧了对共产党领导的红军的围剿,抢粮,抓兵,抓壮丁,老百姓真是苦不堪言。

这天,保长李国功带着马步芳的兵闯进王金堂家,要王金堂去给马步芳修路。

何占信挡住丈夫,说:"他眼睛看不着,能干活吗?"

李国功瞥了王金堂一眼,说:"打石头用不着眼睛,有手就行。"

"打石头就更不行了。"何占信反驳着,"眼睛看不见,锤子不砸手吗?"

"这不行,那不行……"李国功鼠眼一转,说,"大(在西北方言中,'大'是'爹'的俗称)不行,娃儿顶。"

不管王金堂和何占信咋说,咋求,保长李国功还是把十斤娃给抓走了,逼他到戈壁滩上修公路。

修公路不说，睡觉的被褥和吃的还得自己带。

"把家里吃的盖的给喜子送去。"王金堂吩咐妻子。

何占信赶紧收拾好吃的盖的，急忙赶到区公所送给儿子。

被抓的民夫要干满三个月才能轮换，十三岁的王进喜在戈壁滩上一干就是三个月，可到了该轮换的时候，还没人来换。粮吃没了，眼瞅着就入冬了，冷风在荒凉的戈壁滩上嗷嗷地叫着，冷得王进喜和民夫们缩成一团。

咋办？雪一下，不冻死也得饿死。

"咱们不能等死啊！"王进喜对比他大的栓子说，"得想法子逃走。"

栓子拧着眉头想了好一会儿，望望一马平川的戈壁滩，叹了一口气，说："往哪儿跑啊？人家当兵的手里有枪，大老远的一枪不把你给毙了呀？"

王进喜指了指西北方向的一条大沟，说："我们顺着大沟跑，当兵的肯定瞅不见。"

"出了大沟就是那座小山，到了小山，当兵的就瞅不见咱们了。"王进喜早就把逃跑的路线侦察妥当了。

栓子听王进喜这么说,心里有了底,说:"那也得趁黑跑啊!"

天黑下来,王进喜就带着十几个工友从大沟逃了出来,顺利地跑回了家。

一些胆小的民夫没跟王进喜他们逃走,怕连累家里。

民夫逃跑可不是个小事,保长李国功一查,那些胆小的说是王进喜带大伙儿逃跑的。李国功气得直哼哼,发誓一定给人小鬼大的十斤娃好看。

果然,马步芳下了征兵令,李国功头一个想到的就是王进喜。

王进喜逃回家藏了几天,见没什么动静了才敢露头。再说,三个月的修公路期限早就到了,李保长想找碴儿也没啥借口。

王进喜想错了,保长李国功用不着找借口,闯进王金堂家就是来抓人的。

王金堂和何占信正乞求着,王进喜闯了进来,见保长带着人在他家屋里,还把门给踹倒了,愣头愣脑地问:"这是咋的了?"

"带走!"李国功不回答王进喜的话,直接抓人。

王金堂一听李国功要抓儿子,急得双手划拉着抱住李国功的胳膊,哀求着:"放过我的娃吧!放过他吧!"

李国功一抬脚把王金堂踢倒,手一挥:"带走!"

王进喜被推搡着走到院外,耳边还回荡着爹妈的喊声:"喜子!我的娃呀!我的娃呀!"声声扎心。

王进喜被关进区公所后院的一间柴房里。天渐渐暗下来,星星露了出来。望着从露天的房顶漏下来的星光,本该绝望的他没有绝望,星光给了他一丝希望——逃!

一定要逃出去!

红军是我们老百姓的队伍,我不能给马步芳当兵,不能帮着他们打红军。

王进喜下定决心逃出去,尽快逃走!

怎么逃?

他四下查找,终于在墙角找到一把铁锨。

他把铁锨拿在手里掂了掂,再打量打量紧闭的房门,有了主意——用铁锨把门墩下面的土挖空,门墩下降,门就可以端下来了。

于是,王进喜等门口站岗的卫兵去吃饭的空当,赶忙挥锨挖门墩下面的土,挖得让门悬了空。他双手往上端了下,满可以把门端下来了,不过他停下了,等待时机……

这时,老天照应,下起了小雨。站岗的卫兵怕挨雨浇,躲到旁边的屋子里避雨。

时机到了。

王进喜悄悄端下门,悄悄溜了出去……撒丫子跑出区公所。他没往家里跑,而是跑到叔爷王永禄家。

叔爷王永禄见叔伯孙子是从区公所逃出来的,不敢怠慢,拿了两个馍馍塞进王进喜手里,说:"快跑吧!跑得越远越好。快跑!"

没等王进喜跑,屋外面就响起了急促的脚步声。

追兵到了。

被堵在屋里了。

怎么办?

王永禄怔怔地站在那里,挓挲着两手不知咋办才好。

王进喜急中生智,跳上炕,伸手够到房梁,一蹦高,攀到房梁上,身子像毛毛虫似的贴在房梁上。

"王永禄,十斤娃藏哪儿了?"保长李国功目光在屋子里搜索着。

王永禄摇头,说:"没……没看着他呀!十斤娃有好多日子没上我家来了。"

李国功见屋子里光秃秃的,藏不住人,指着王永禄说:"你要敢藏逃兵,抓你进大狱。"

王永禄摆着手连连说:"不敢,不敢!"

"要是十斤娃来你家,赶紧报告。"李国功临走留下话。

王永禄说:"报告,报告!"

李国功带着追兵走了,王进喜才跳下房梁,躲过一劫。

"快跑吧!"王永禄催促。

王进喜跑出院子,朝着闪亮的北斗星奔跑,朝着大山里跑,越跑越快……

他一口气跑出二十多里地,来到毛布拉深山沟。

山沟里有个放羊的老汉叫张武寅,收留了王进喜。

这时,起风了,变天了,空中飘起了雪花,接着,大雪纷纷扬扬地落下来。望着漫天大雪,王进喜思量着:我往哪儿去?哪儿才是我的出路?

油娃

"娃子,别在外头傻站着了,多冷啊!回屋暖和暖和吧!"张武寅老人见王进喜这娃子在大雪里受冻,心疼。

王进喜进了屋,闷着头不吭声。

"娃子,我要是能离开这群羊,就送你去老猎人那儿。"张武寅见王进喜发愁的样子,也跟着着急,说,"老猎人叫王平智,人仗义,还爱帮人。"

王进喜说:"张大爷,你告诉我他在哪儿,我自己去找。"

张武寅说:"妖魔山。"

王进喜眼睛一亮,说:"妖魔山,我在那儿放过牛。"

张武寅说："你到了妖魔山，一打听打猎的老王头，就能找到他了。"

"嗯！"王进喜答应着就要动身。

张武寅叮嘱着："找到老王头就说我让你找他的，他就会帮你的。"

"谢谢张大爷！"王进喜给老人鞠了个躬，冒着大雪朝妖魔山走去。

到了妖魔山，王进喜很快就找到了老猎人王平智，跟他说了是老羊倌张武寅让自己来找他的，就是想要找个活干。

"活倒是有。"老猎人想了想，说，"淘金你能干？"

"能，能！"王进喜连连说，"有活干就行。"

"走吧！"

王进喜跟着老猎人来到玉门老君庙，进了石油河畔的"金窝子"（旧时金矿的俗称），干起了淘金的活。可是，王进喜不懂淘金的活，又没技术，没干几天就被淘金头儿给撵走了。

淘金活干不成，往哪儿去呢？王进喜望着荒山野岭，一时没了主意。

淘金人里有个叫大老穆的,给王进喜支着儿,说:"娃子,你去挖油吧!那活不用技术,勤快就行。"

"挖油?"王进喜看着大老穆问,"去找谁呀?"

大老穆说:"你就去老君庙找工头白福来。"

"穆大叔,谢谢您!"王进喜照大老穆的指点,离开了金窝子,在老君庙的喇嘛沟找到挖油工头白福来。

白工头一听是大老穆让找他的,二话没说就递给王进喜一个瓦罐,说:"采下来的油就装在罐子里,满了,送到我这儿领钱。"

说是采油,其实是刮油、抠油。刮油,就是用石片把从岩石缝流出的石油刮下来;抠油,就是用手把石缝里的石油抠出来。要是能找到往外淌油多的石缝,刮油就省事多了;要是遇到咕嘟咕嘟往外冒的油,那就谢天谢地啦!可是,往外冒的油,白工头说他只遇到过两回。

别看王进喜人小,但干采油这活勤快,眼尖腿快,还很会选"油道"。刮油,量少不说,还费功夫。那么咋才能找到油旺的"油窝"呢？

王进喜看到岩石的凹槽里积存了一汪水，把水淘出去，一会儿又满了。咦，石油会不会也这样呢？于是，他跳出圈外，避开众人采油的地方，在一个偏僻的石崖下发现一个蒿草掩蔽的石槽。扒开蒿草，哇！石油！一大汪子石油，闪着黑色的光泽，王进喜兴奋得差点跳了起来。

很快，王进喜舀满了一罐，交到白工头那儿，回来再舀满了一罐……石油还在往石槽里淌，在阳光下一闪一闪的。

白工头纳闷了，王进喜这小子咋这么能耐，不大会儿就送来两罐子油了，难道他发现了"油泉"不成？"油泉"就是像泉水一样往外冒的石油泉眼。

白工头没吭声，悄悄跟在王进喜身后。

王进喜的秘密在白工头眼里很快就不是秘密了。

等王进喜把满罐子油交给白工头，再返回去舀油时，怔住了——他的石油槽被两个人给占了。

"这是我的。"王进喜冲到那两个人面前。

油娃 39

"哪儿写着是你的?"一个人说。

"谁找到的就是谁的。"另一个人说。

王进喜好汉不吃眼前亏,只好退让,拎着空油罐到别处另寻油道。身后,哈哈的笑声像石头击打在他的背上。他忍着心痛,在一个石凹坐下来,看着自己的双手、双脚、双臂、双腿……浑身上下黑黝黝的,如果在黑夜里突然出现在人面前,准把人吓个半死。

人,怎么会变成这样?

原来,这里很少有水,手脚、身上沾上石油只能在石头上蹭,用蒿草擦,用石片刮。可是,除掉表面的,皮肉上还留下一层。久而久之,采油人的皮肤上就长了一层"油皮",黑黑的,跟人融为一体了。

一个个"黑人",就是一个个油娃。

王进喜成了一个实实在在的油娃。

白工头喜欢王进喜这个油娃,这小子机灵勤快不说,还为人厚道,肯帮人。

一天,王进喜正在石缝刮油,忽然随风飘来咿咿咿的哭泣声。他寻过去一看,是小锅子。

小锅子比王进喜小一岁，身体也瘦一圈，常常因为刮不到油偷偷哭泣。

王进喜没说啥，默默地走过去，默默地把自己罐子里的油倒进小锅子的罐子里。还是没说啥，默默地离开了。

白工头看在眼里，摸着王进喜的头顶说："好小子！长大会有出息的。"

以后，王进喜就让小锅子跟着他，找到石油就两个人一块儿采。

小锅子再也不哭了，还跟王进喜一起吼秦腔。

石蛋蛋再硬也有缝，
石缝缝再细也有油。
有油就有油娃娃采，
油娃娃采个大日头……

肩上的大石头

王进喜当油娃采油那地方叫老君庙,也就是在这个地方,一九三八年勘探出了石油,打出了中国第一口"老君庙油井",人们便把这里称作"玉门油田"。

玉门油田位于甘肃省玉门市境内,南依连绵起伏的祁连山,北靠苍茫空旷的戈壁滩,东邻万里长城的"边陲锁钥"嘉峪关,西通被称为"东方艺术明珠"的敦煌莫高窟。

一九三八年,玉门油矿成立了。

王进喜离开采私油的"油窝子",走进了玉门油矿,当上了一名"长工"。所谓的长工就相当于现在的临时工,每天要干十二个小时的活,常常加班，一干干到半夜。

只有十四岁的王进喜还是个孩子，可干活跟大人一样，推着小车运煤，用双手搬石头，挥锹铲沙石，和泥脱土坯……活杂，活重，活累，一刻不许停歇，稍有怠慢，工头的皮鞭就会落到身上。

即使挨鞭子抽，王进喜也不改仗义执言的性格。

小锅子跟王进喜一起进了玉门油矿，当了"长工"。尽管王进喜处处照顾他，可小锅子还是总挨打。

打人的是工头丁友年，工友们暗地里都叫他"丁毒"，就是说这个人比疗毒还要毒。

小锅子搬石头累得喘不过气来，刚坐下来想歇一会儿，可屁股还没沾上那块大石头，丁毒的鞭子就到了。

啪啪啪！

小锅子的背上挨了两鞭子，棉絮飞扬；脸上挨了一鞭子，鲜血直流。

"啊！啊啊！"

小锅子捂着脸，疼得在地上直打滚儿。

丁毒举鞭子还要抽,没料到举鞭子的手腕被人抓住了。

鞭子停在半空。

丁毒扭头一瞅,又是王进喜这个爱管闲事的小崽子。"给我撒手!"丁毒瞪着眼珠子说,"不撒手,我连你一起抽。"

"丁工头,不许你无缘无故就打人!"王进喜没松手,头一扬,说,"你把人都打趴下了,谁给你干活?"

"哎呀!"丁毒没想到王进喜一个小孩子敢跟他作对,使劲一抡,把王进喜抡了个跟头,接着鞭子就跟了过来。

啪啪啪!

鞭子雨点般落在王进喜的身上,把老羊皮袄抽开了花,可王进喜梗着身子一动不动。

站在一旁的老梁头看不过去了,凑到丁毒身边说:"丁头儿,你把娃的羊皮袄抽烂了,天这么冷,穿啥呀?"

"没把他的皮肉抽烂就算便宜这小兔崽子了。"丁毒收了鞭子,可事情还没完,他用鞭子点着王进喜说，"你不是总爱耍刺儿吗？好啊！我看你还耍刺儿不了！来人！"

两个矿警跑来了。

丁毒用鞭子指着王进喜，冲两个矿警说："给我收拾收拾这小子。"

打人的拳头，矿警不用回家去取，挥起来就要往王进喜身上抡。

"慢！"丁毒制止了他们，说，"不要用拳头……惩罚的办法有的是……"

一个矿警不明白，问："不用拳头，那用……"

另一个矿警说："用脚踢呀！"

"不不！"丁毒摆摆鞭子，冷笑一声，说，"这小子挺硬。"他朝一块大石头努努嘴，"给我把它压他肩上。"

这块大石头看上去足有一百多斤，要是压在王进喜身上，不压吐血，也得骨折。

王进喜瞟了一眼那块石头，鼻孔里重重地哼了一声，在心里念叨：想用一块石头压死我，没那么容易！就是把我压死了，我也会变成一座大山，顶天立地，风吹不歪，雷劈不倒。

"来吧！"王进喜咬着牙大吼一声，挺起了肩头。

"嗨！"

两个矿警一声叫喊，把那块大石头抬到王进喜肩头。

一个十四岁的孩子身体还没发育成熟，骨头还没长硬实，稚嫩的肩头怎么能撑得住一百多斤的重量？

大石头落在王进喜的肩头，他深深吸了口气，绷住脚跟，挺住腰杆子，只听浑身骨头咯咯直响，好似断裂的声音。可他身子没摇，脚跟没动，眼珠子瞪得跟牛眼似的，怒视着丁毒和两名矿警。

丁毒抱着膀子嘿嘿冷笑。

俩矿警对视一眼，也嘿嘿直笑。

工友们发现了，围拢过来，虽然没人吭声，可愤怒的目光让丁毒和矿警发怵。

王进喜还在挺着，身子渐渐发颤、哆嗦起来。

"小子，你厉害，看你能挺多大工夫！"丁毒说着转身走开了。

俩矿警也跟着溜了。

工友们一拥而上，把压在王进喜肩头的大石头搬下来。

王进喜没倒下，只觉胸口发热，一口鲜血噗地喷了出来。

"快快！"一个工友喊，"把喜子抬进窑洞。"

"轻点，轻点！"一个工友抱住王进喜。

王进喜躺在窑洞的土炕上，忍着肋骨的隐隐作痛，看着围在面前的工友们，鼻子一酸，眼眶一热，但他使劲咽下一口唾沫，硬是没让泪水流下来。

"谢谢大家了……"王进喜一说话，肋骨就疼得厉害，可还是说，"丁毒和矿警他们看着凶狠霸道，可我们只要不怕他们，他们就怕咱们。"

"喜子说得对，往后我们就抱团跟他们斗！"

"我们抱成团了，他们就怕咱们。"

"总有一天，我们会掀掉压在身上的大石头！"

听着工友们的议论，王进喜觉得肋骨不那么疼了。

我的刹把

"报告！上峰电令。"

电报内容很简单：尽快全力将玉门油矿全面彻底摧毁。

就这么一行字，玉门地区的国民党负责人看了好几遍，越看越犯难——玉门油矿这么大，工人上万，一下子摧毁整个油矿，不是一件容易的事。再说了，油井得由工人来拆，机器得由工人来卸，油矿是工人的活命饭碗，他们怎能轻易毁掉自己的饭碗？

之后，国民党西北长官公署派人赶到玉门对中国石油公司甘青分公司总经理邹明说："此次来矿为两件事，一是把油井封死，将设备拆掉；二是你们提供个破坏油矿的计划。"

邹明坚决地说:"那是绝对办不到的。油矿是国家的财产,绝不能破坏;再说,工人们也不能答应!"

"炸!炸掉!"玉门地区的国民党负责人见来了官员,有了靠山,下了最后的决心。

正在北京参加中国人民政治协商会议第一届全体会议的毛泽东主席得到国民党要破坏玉门油矿的消息,立即批示:保证玉门安全。

得到毛主席的批示,解放军一野三军九师的装甲部队火速奔往玉门。

中国石油公司甘青分公司总经理邹明是个爱国民主人士,他爱中国的石油工业,爱玉门油矿,爱油矿的工人们。他挺身而出,率领工友们保护油矿,成立了由三千多人组成的护矿队。

这天一早,王进喜闯进邹明的办公室,说:"总经理,我要加入护矿队。"

邹明拍拍王进喜的肩膀,说:"好样的!你去护矿队报到吧!"

护矿队队长杨敏很喜欢王进喜这个毛头小子,

说:"你就跟着护矿队拆油井吧!"

为了防备国民党破坏,玉门的中共地下组织成员都成了护矿队的骨干。

来到护矿队,王进喜一眼就看到了老司钻郑师傅。

郑师傅是地下组织的老成员,跟王进喜很熟,说:"喜子,跟我走,拆掉油井,把零件埋到山里去。"

"让国民党一件都找不到。"王进喜说。

王进喜跟着大伙儿来到钻井队,开始拆卸。

拎着扳手的王进喜仰望着高高的井架,怎么也下不去手。

郑师傅见王进喜发愣,便催促:"快动手啊!"

"真的舍不得……"王进喜说着上了钻井台,直奔刹把①,开始往下拧螺丝。

王进喜干活手脚麻利,三下五除二就把刹把卸了下来。

卸下刹把,他抱在怀里轻轻地抚摸,像爱怜心

---

① 刹把:钻井过程中控制绞车的制动手柄。

爱的小羊羔。

"快卸别的零件。"郑师傅还是催促。

"嗯!"王进喜答应着,将刹把用麻绳拴了,斜背在肩上,跟背一杆枪似的。

郑师傅觉得王进喜背着刹把干活别扭,就说:"喜子,你把刹把放下中不?多碍事。"

"这是我的刹把。"王进喜犟嘴道,"等再装上去时,我就手握这把刹把开钻机。"

"好!"郑师傅冲王进喜竖起大拇指,说,"小子,有志气!"

听郑师傅这么说,王进喜心里甜丝丝的,就好像真的当上了司钻,站在钻井台上,操纵着钻机。嘿,真气派!

心里美,干活就来劲。王进喜越干越欢实,和工友们很快把一口钻井拆卸完了。

"马上运到山里,藏起来。"这时,护矿队队长杨敏来了,冲大家挥手。

于是,工友们七手八脚把钻机零部件装上汽车、马车、手推车,奔向妖魔山。

王进喜没把刹把装到车上,还是背在身上,宝贝似的不让别人碰。

到了妖魔山，工友们从车上卸下钻井零部件埋起来。

埋完了，那个刹把还背在王进喜身上。

郑师傅说："咋还背着？"

"哦！忘了。"王进喜这才把刹把从背上拿下来，可是藏在哪儿呢？他四处看看，一时找不到好地方。

哦！想起来了——他和小伙伴在这里放过牛，在一个山洞避过雨，就把刹把藏在山洞里。于是，他飞快地跑去，进了山洞把刹把藏好。

"你个臭小子！"郑师傅亲昵地拍打了一下王进喜的脑瓜顶，说，"往后跟着我，准把你教成司钻。"

"谢谢师傅！"王进喜郑重地行了个礼。

下了妖魔山，王进喜还一步三回头地望着，生怕那把刹把长翅膀飞了。

回到矿里，王进喜又和护矿队的工友们抬沙子，和泥，把采油树封上了。

夜幕降临，油矿的电厂停了，一片漆黑，只有满天的星星晶晶亮。

夜深了,王进喜戴着护矿队的红袖标与郑师傅一起巡逻,防范特务破坏。

"坐下歇会儿吧!"郑师傅对王进喜说,"累了吧?"

王进喜摇头,说:"不累,一点儿都不累。"

他们在一个阴影里坐下来。

郑师傅说:"眼睛不能歇着,要像星星一样亮。"

王进喜说:"坏人逃不过我的眼睛。"

他们说话的当儿,一个黑影在前面一晃。

王进喜眼睛尖,碰了下郑师傅,低声说:"有人!"

郑师傅没出声,顺着王进喜手指的方向奔过去。

王进喜也随后跟过去,大声呼喊:"抓特务啊!"

那个黑影显然受到惊吓,野驴似的撒丫子逃进夜色里。

"看,这是啥?"王进喜的脚被啥东西绊了下,弯腰拾起来给郑师傅看。

"炸药……"郑师傅掂着炸药说,"得亏我们发现了特务,要不真要炸我们的油矿呢!"

"特务想要炸我们的油矿,没那么容易!"王进喜话音没落,远方就传来隆隆的炮声。

郑师傅侧耳听了听,说:"解放军打过来了,玉门就要解放了。"

听着隆隆的炮声,王进喜跟郑师傅说:"师傅,等共产党来了,玉门解放了,我就当钻井工,使唤我那把刹把开钻井,开我们自己的钻井。"

"是啊!"郑师傅搂过王进喜,说,"到那时,建立了新中国,油矿就是人民的油矿了,我们石油工人就当家做主了。"

"再也没有工头、矿警欺负咱们了。"王进喜依在郑师傅肩膀上,说,"我握着自己的刹把,钻出一口口油井,为新中国喷出哗哗的石油……"

考油工

解放军的装甲部队轰隆隆地开进了玉门。

玉门解放啦!

国民党破坏油矿的阴谋没有得逞,邹明把一个完完整整的玉门油矿交给了解放军。

山坡上、大道上、房顶上到处是欢腾的人,红旗招展,锣鼓喧天,鞭炮声不断,玉门变成了一片欢乐的海洋。

王进喜和伙伴师云鹏蹦啊,跳啊,喊啊,叫啊,高兴得不知如何是好。

王进喜忽然停下来,朝着妖魔山眺望……

师云鹏问:"瞅啥呢?"

"我要取回我的刹把。"王进喜说着,扭头

就跑。

"等等我。"师云鹏追了上去,"要去哪儿?"

"妖魔山。"王进喜加快了脚步。

他们一口气跑到妖魔山,从山洞取回了刹把。

王进喜将刹把抱在怀里,喜爱得不得了。他走着走着,高兴得扭起了秧歌,边扭边吼起了秦腔——

对面价沟里流水绿茵茵,
马鬃山下来些解放军。
一面面的个红旗崖畔上插,
解放大军把咱们的玉门解放啦!
滚滚的个米汤热腾腾的个馍,
招待咱们的解放军好吃喝。
二号号的个盒子红绳绳,
跟上共产党闹那个革命。
一座座山来顶天天的高,
一座座井架竖起来啦。
红豆豆角角熬南瓜,
油矿就成了咱们的那个新家家。

师云鹏随着王进喜一起吼,抒发着满腔的激情。

解放了玉门,共产党接收玉门油矿的头一件事就是恢复石油生产。于是,几乎是在一夜之间,井架重新竖立起来,发电厂发出强大的电流,采油树重见天日。王进喜和工友们心情舒畅,干起活来越发有劲。

"我可以当钻井工啦!"王进喜把他保存的刹把安装好,双手举过头顶朝天空大吼。

郑师傅虽然见王进喜这么爱干钻井,可还是劝他说:"喜子,干钻井不是你乐意干就能干的,要考试。"

"考试?"王进喜觉得自己在油矿干了这么长时间了,心里有底,便说,"考试没问题,我肯定能考上。"

一九五〇年的春天来了,祁连山涂上了一层绿色,山沟里不时传来红腹锦鸡咕咕的叫声。

解放后的玉门油矿开始招工。招工的岗位有钻井工、采油工、炼油工、机修工、土建工、运输工、锅炉工等。王进喜只想报钻井工，一心想当钻井工人。可是，钻井工整天和大井架子、大机器、大铁件打交道，又累又危险。钻井工既要个子高大，有力气，又得脑袋瓜子灵，身子灵巧。

跟他一起提油水的好友杨海劝他说："喜子，我报的是机修工，你也报机修工吧！再说了，别看你二十七岁了，可个子不高，身子板又单薄，干不了钻井的力气活。"

"我就要报钻井工！"王进喜犟，主意正，别人咋劝也劝不了。

考试开始了。

王进喜来到操作考试现场，只见人头攒动，熙熙攘攘，真是热闹。

"王进喜！"主考官郭孟和冲人群喊了声。

"有！"王进喜进了考场，开始按要求抬钻杆、提卡瓦①啥的，干得特别卖力，干得也比别人强。

看着考官们不住地点头，王进喜心里美滋滋的。可是到了笔试，王进喜蚂蚱眼睛长长了——

---

① 卡瓦是钻井过程中升降钻具时用于卡住和悬挂钻柱、套管柱的工具。

傻了眼。他自小没念过书，只是念过《百家姓》《三字经》，看过秦腔唱本，能认识的字就像阴天夜里的星星——没几个。

"先念一下报纸。"主考官郭孟和递过一张报纸。

王进喜拿过报纸一看，那些黑点点就像蚂蚁，字认识他，他不认识人家，干张嘴念不上来。

"别张嘴了，下去吧！"主考官冲王进喜摆了下手。

笔试让王进喜当钻井工的念头一下子掉到冷水盆里，耷拉着脑袋坐在考场外边不吭声。

杨海来到他身边，拍拍他的肩膀，说："还是报机修工吧！"

"不！"王进喜犟劲又上来了，说，"我非要考钻井工。"

郑师傅也过来安慰他说："别泄气，我给你说说去，也许还有活泛气儿。"

杨海也说："我去找黄工程师，求他给主考官说说情。"

黄工程师是很有威望的钻井工程师，对他俩

印象挺好。杨海跟黄工程师一说，黄工程师当面就答应了，马上去找人事科长。

人事科长见黄工程师和好几个工友来说情，再说钻井队来选人的郭孟和、梁文德、杨崇义几位老师傅都看中了王进喜那股劲，就让他再考一次。

第二次考王进喜的重点落在那些动真格的项目上。七八个监考、老钻井师傅站一排，看热闹的围了一圈。

考试开始，第一个项目是"提卡瓦"。

王进喜把大卡瓦一下提起来，腰一塌，紧跑起来，不一会儿就把别人甩到了后面。

第二项是"上天车"。

嘟！考官吹响哨子。

王进喜一步跳上钻台，爬上立梯，手脚并用，猴子似的往上攀登。嗖嗖嗖到了二层平台，转了一圈，又嗖嗖嗖顺着立梯攀上天车，再转了一圈，下到钻台，跳到地面，提前三分钟完成了动作。

第三项是"开阀门"。这一项得有技术，以前王进喜偷着上井试过一两次，可不大熟悉哪儿是开,哪儿是关。这回上了钻台,王进喜没发蒙,双手把住大闸轮,用尽力气抡得飞快……

考试,一个科目一个科目进行着,王进喜把每个科目都做得非常认真、卖力、巧妙,让考官们不住地点头称是。

各个科目考完了,王进喜衣衫湿透了,贴在后背上,脸上的汗还在往下流,等待着最后的打分。

"王进喜,综合考分'乙'。"主考官宣布完,对王进喜说,"你被录用了。"

王进喜没有狂喜地蹦起来,也没有大声吼叫,而是蹲下来,双手掩面,肩头一抖一抖的,哭了。

在艰难困苦面前,王进喜一个眼泪疙瘩都不掉,今天他却落泪了……

党旗下

当上了钻井工人,王进喜一下子跟变了个人似的,整天干活乐呵呵的,歇下来还吼两嗓子秦腔。

可是噩耗从家乡传来,王进喜的父亲去世了。

矿里给了他七天丧假,他火急火燎地奔回家,办完父亲的丧事,就回到矿上上班。一进油矿,只见红旗招展,锣鼓喧天,标语满墙,矿里正热火朝天地开展抗美援朝捐献活动。

王进喜看着一条条"抗美援朝,保家卫国""增加生产,支援前线""打倒美帝国主义""捐款捐物,抗美援朝"的标语,心头不禁一阵阵发热……

"喜子,你回来啦!"师父郭孟和跟王进喜打招呼。

"师父,我回来了。"王进喜指着拥向办公楼的人们说,"都是为抗美援朝捐款捐物的?"

"是啊!共产党员都先捐了。"郭孟和点着头说,"有党员带头,群众都发动起来了。"

"党员都捐了,我也捐。"王进喜挥了下拳头,说,"我捐一个月的工资。"

郭孟和摆摆手,说:"你爹刚去世,家里正困难着呢!组织上研究了,暂时不用你捐了。"

王进喜一跺脚,急了,说:"那咋行?我一定跟党员学,要捐。"

师父郭孟和见犟不过王进喜,只好点头,说:"跟党员学……好啊!捐吧!"

"学好了,我也要成为一名党员。"王进喜冲着蓝天高高举起双臂。

王进喜捐了一个月工资。

全矿工人共捐十五万元,购买了一架战斗机,取名"石油工人号",送到了朝鲜前线,加入了作战的机群。

"嘎嘎!嘎!"

一群鸿雁排成大大的"人"字,飞越祁连山,飞向南方。一晃到了一九五三年秋天,上进的王进喜在石油沟钻井队当上了副司钻,握上了他曾经保护的那把刹把。

鸿雁捎来喜讯——矿里进口了一台苏联贝乌40型钻机,贝乌五队随之成立了。王进喜调到贝乌五队当了司钻,操控刹把。

钻井时,钻具悬重轻则几十吨,重则几百吨,是由刹把来控制绞车的,就像开汽车时刹车一样,危险透了。要是稍有疏忽,一失手,上百吨钻具坠落的话,几千万元的设备和整个井都会报废,更紧要的是,在钻井台上干活的同事,连逃生的机会都没有——四条人命啊!

王进喜深深感到自己肩上司钻的责任重大,一个是带头干,一个是管得严,大家都喊他"严司钻"。

"不严,干活稍有溜号,那可要人命啊!"王进喜站在钻台上对工友们说,"跟我干,都把眼睛瞪得大大的,谁敢疏忽,就是跟我过不去!"

贝乌五队建队之初,钻井没啥经验,出事故就像掉饭粒似的，常有的事；进尺①钻得也少，比别的队差一大截。于是，"豆腐队"的帽子就给他们戴上了。

"喜子，咋看不到你到食堂吃饭呢？"师父郭孟和问王进喜。

"嘿嘿！"王进喜干笑两声，说，"师父，我们班组的钻井进尺打不好，事故又太多，我这个司钻都没脸见人了，有啥脸到食堂吃饭？"

"喜子，我知道你是要脸的人。"郭孟和说，"响鼓也要重槌擂。我要说的，你心里头都揣着呢！"

"嗯！"王进喜要强，哪能甘心落在别人后头？可怎么才能减少事故，把进尺提上去呢？夜幕降临了，他走在油矿的土路上，苦苦地思考着……仰头望见了北斗星，便在心里默念：打铁先要本身硬，我给大家做出样子，用自己的光照亮前面的路，让工友们跟我实干加巧干，肯定会改变贝乌五队的落后面貌。

---

① 钻探或钻井工程术语，反映采掘或钻探工作进展情况的指标。

王进喜拿定主意,下班了也不闲着,找兄弟班司钻交朋友,唠嗑儿,更多的是唠钻井技术的嗑儿,唠操作经验的嗑儿,其实是在偷偷地学人家的技术和经验。久而久之,学得差不多了,心里有了底,就组织他带领的班组学技术,练本领。很快,工友们的钻井技术就提高了,干劲也足了,加上王进喜看得紧,他的班组事故少了,进尺打得也渐渐多了,最后进尺拿到了全队第一。

队领导见王进喜把他的班组带得生龙活虎,处处创先,便常常在会上表扬他。每次受到表扬,王进喜都嘿嘿憨笑,说:"一个班好不算好,只有全队好才算好。跟党员比,我做得还不够……"

王进喜的班组的生产成绩一路飙升,引起贝乌五队党支部的注意。党支部研究决定:培养王进喜入党。由副队长王家训、机械工长田振风作为入党介绍人培养王进喜。

王家训找王进喜谈话,问他想不想加入中国共产党。

"想,我早就想入了。"王进喜说到这儿顿了下,咽了下唾沫接着说,"可是我是个大老粗,水平不够，咋办呢？"

王家训对他说："加入共产党不是小事，得有个脱胎换骨的变化。你优点很多，缺点也不少。文化低，可以学，但'大老粗'的毛病可得好好改改。以后党组织和党员同志们要严格要求你，认真帮助你，你得虚心听取大家的意见。"

王进喜痛快地答道："行，我一定好好脱胎换骨！"

贝乌五队党支部书记万振昌向大队党总支做了汇报后，总支书记满应科找王进喜谈话，鼓励王进喜说："入党就是要下决心跟党走，干好钻井工作，敢于牺牲自己的利益，甚至牺牲生命也在所不辞，简单点说就要像革命战争时期的老前辈那样，即使流血牺牲，也勇往直前。"

王进喜坚定地说："我有决心做到，把自己放进革命的炉子里火炼锤打，锤打成过硬的铁疙瘩。"

满应科说："好啊！我现在想听听你对队里的工作还有啥意见。"

"让我说，我就说。"王进喜不假思索地说起来,"我就是对'长工活,慢慢磨'那种干法有意见。"

满应科接过话茬儿说:"'长工活'那是对付工头的干法。"

王进喜说:"如今,我们是国家的主人了,是给自己干活了,我就想把机器开大,转盘开快,狠狠地打井,快快地打井。我一瞅见有些人轻压慢钻,一点儿一点儿地磨着干,我就着急,就来气。"

满书记听了,心里暗自高兴:王进喜这种思想正代表了先进工人的主流,应该抓紧培养,使其尽快成熟,早日加入共产党。可还是给他点出了缺点,说:"你这个要饭娃、放牛娃、黑油娃,在旧社会整整受了二十六年苦。是共产党、毛主席把你从水深火热中解救出来,你心存感激,就产生了强烈的爱党、爱祖国、爱社会主义的真实感情,拼命干工作,是一心想报党的恩。"

王进喜不住地点头。

"你知道'报恩',只对了一半……"

王进喜接过满书记的话说:"书记,我懂了,向党报我个人的恩还不够，还得跟着党干革命，建设国家，为人民服务，胸口窝里要揣着解放全人类的想法。"

"好！"满书记拍打一下王进喜的肩头，说，"你能这么想，是好样的！"

与总支书记谈话的当天晚上，王进喜一刻也耐不住了，找人代笔写了入党申请书，交到满书记手里。

在讨论积极分子入党的支部会上，王进喜用朴实的语言对党组织说："没有共产党，就没有我王进喜。只有共产党才能解放受苦的人民，只有共产党才能叫工人、农民过上好日子。我入党就是为了给祖国和人民做出更大的贡献，在党的教育下改正缺点，做一个忠实的人民勤务员。"

此后，经过一年多的帮助教育，大家感到王进喜变化很大，成熟了许多。一九五六年四月二十九日，钻井公司一大队党总支召开会议讨论并批准王进喜为中共党员。

党旗下，王进喜和另外两位入党工友先唱起了《国际歌》，随后总支书记带领他们宣誓。王进喜庄严地举起右拳,宣誓——

我志愿加入中国共产党,承认党纲党章,执行党的决议,遵守党的纪律,保守党的秘密,随时准备牺牲个人的一切,为全人类彻底解放奋斗终身。

随着一句句誓言,王进喜的胸中就像点起一团团火焰,熊熊燃烧……

挪井架

王进喜入了党,矿里又提拔他当上了贝乌五队队长,他觉得浑身有使不完的劲,带领全队没日没夜地拼命干,贝乌五队的业绩让别的队刮目相看。

钻井队的成绩,一是安全,二是多打井,这就是最大的成绩。王进喜就经常琢磨怎样才能节省时间,提高工效,多抢进尺。

一九五六年十一月,远处的山岭一片秋黄,高高的井架在碧蓝的天空下矗立。此时,贝乌五队正在三角湾打765井。

"加油干啊!"王进喜在钻台上挥着手臂喊,"这口井就剩下最后一哆嗦啦!"

这时,大队通信员跑来,冲王进喜喊:"王队长，给你的通知。"

王进喜接过来一看，是大队通知他打完765井，接着在旁边再打一口。

井位就定在距离765井十三米远的地方。

虽然只有十三米远，按制度规定也得放架子拆搬。具体地说，放架子拆搬就是把四十米高的井架放倒，然后拆散了，拆成一个个零件，再用车运到下一个井位。

这样大拆大搬，加上重新安装，要用大量的车辆和人力，又得花好几天的时间。

王进喜直挠头，钻井队搬家真是个大麻烦。

四十米高的井架，差不多有十几层楼高，拆下来有几十吨的设备器材，以前每打完一口井都要搬到新井位，重新立起。在二十世纪五十年代的玉门油田，最大的起重设备也就是起重量为八吨的玛斯吊车，最大的太脱拉载重卡车载重量也只有十一吨。要想把整个井架立起来，安装队加上钻井队合起来干，白天黑夜连轴转紧着忙活，也得六七天才能搬完。

怎么才能用最少的搬家时间，把井架尽快立起来呢?

王进喜在井场上从钻井台走到十三米处的新井位,再从新井位走回钻井台……一趟又一趟来回走着,走着,走着……

走了不知多少趟,办法也没走出来。

"队长,别溜达了。"青年工人小鲁说,"你要是能把这十三米给走短了也行。"

要搁往常,王进喜非发火不可,可今天没有,兀自嘟哝着:"要是井架也能走呢……"

入党后的王进喜一改以前一个人说啥是啥的脾气,他想晚上组织开会,也听听大伙儿的意见。

大伙儿你一言我一语地说了好半天,也没说出个子丑寅卯来。

"哎哎!听我说。"说话的是小鲁。

大家都不吭声了,屋子里一片寂静。

"我说啊——"小鲁故意卖关子,眯缝着眼睛说,"要是有一架直升机,嗡嗡地开过来,用大挂钩往井架上一钩,那不就直接吊过去了?"

一片唏嘘。

"没直升机,开来个火车头也行啊!铺一段铁道,火车头一拽,井架、钻机一下子不全都拉过去了吗?"小鲁的奇思妙想一个接一个。

"小鲁,你呀——"一个老工人说,"纯粹是公羊挤奶——异想天开。"

"哈哈哈……"

一片笑声。

异想天开?王进喜眼前一亮:"小鲁说得有道理。咱们没有火车头,可是有拖拉机呀!十几台拖拉机还不能抵上一个火车头?"

"哎!可以啊!"

"没有铁轨,井架整个搬,倒了咋整?"

"不放架子,来个整体搬,从前没有过的事呢!"

王进喜站起来,一手叉腰,一手高高举起,说:"从我们这儿就有啦!"

天,黑透了,繁星在夜幕中闪烁,俯瞰着地上走来的两个人。

王进喜带着技术员田肇雄,连夜来到井场。

他们是来查看井场附近的地势的。

从钻井台到新井位这十三米的地面平整,又没啥障碍物，井架整体搬家有门儿。

田肇雄说："整体搬家，这可是没人干过的事，得好好琢磨琢磨。"

两人来到井架下面，查看钻井台的受力情况，钻井台的船形底座没问题。接着，他们检查了整套设备的固定状况，也没问题。

"看起来钻井台没问题。"田肇雄仰望高高的井架，说，"我担心的是井架会不会在移动时摇晃，倒下……"

王进喜说："这也正是我担心的……"

田肇雄围着钻井台转了一两圈，说："钻井怎么拉，大绳咋挂，让我好好计算计算。"

王进喜着急，说："要尽快！"

田肇雄说："让我先拿出个方案，完了大家再研究研究，你看中不？"

王进喜赶忙说："中！中！快点拿出来让大家合计合计。"

技术员田肇雄和王进喜熬了一整夜，天亮时终于把方案拿出来了。

吃完早饭，王进喜召集干部、司钻和老工人开座谈会，征求对井架整体搬家的意见。

王进喜给大家鼓劲，说："我们是新中国的石油工人，不再是傻呵呵干'长工活'的黑油娃子了。从前干活，是听工头的，现在我们的脑袋瓜子是自己的了，就要把自己的想法掏出来，把好想法掏出来，尽我们的全部智慧，建好新中国的油田。"

于是，大家七嘴八舌对方案做了补充，可还有少数人担心。

田肇雄胸有成竹地说："大家放心，我计算好了，用两台拖拉机在两边拉着，井架不会倒的。"

会议的结果，大家一致同意整体搬家。

王进喜把井架整体搬家的方案向大队和公司做了汇报，两级领导听了，觉得在技术上有道理，可以做个试验。

这天是一九五六年十一月二十三日，天蓝得透亮，一朵朵白云就似草地上洁白的羊群。一队白鹤沿着祁连山边缘朝南飞，不时发出"嘎嘎！呃呃！"的叫声。

整体搬家时的井场上，聚集了一大群人，有公司、大队的领导，更多的是石油工人。

王进喜是这次井架整体搬家的总指挥。

"各就各位！"王进喜挥动着手中的小旗。

贝乌五队的工友们按照分工，在各自的岗位上做好了准备。

轰隆隆！

十四台大拖拉机排成一队，按田肇雄的指挥，开到指定位置。

"拴上拉绳！"王进喜小旗又一挥。

拴好了拉绳，王进喜和田肇雄又认真查看一遍，没啥纰漏。

"进行吧？"王进喜征求田肇雄的意见。

田肇雄没再说啥，只是重重地点了下头。

"拖拉机手、小组长都过来。"随着王进喜的喊声，十四名拖拉机手和各岗位的小组长都聚集到他跟前。

王进喜跟他们又讲了一遍注意事项，把开、停、快、慢的指挥手势演示了两遍，说："大家记住了吗？"

"记住了！"

"谢谢大家！"王进喜冲大家深深鞠了个躬，然后拱手说，"这次整体搬家的成功与否，就全托付大家了，一定要胜利完成任务！"

"是！"

大家异口同声。

"开始，搬——"

王进喜发出号令。

轰隆隆！

随着王进喜挥动的小旗，牵引井架的十二台拖拉机发动。四十米高的井架、巨大的钻井台在轰鸣中慢慢移动……

人们大气都不敢喘，眼睛紧盯着钻井。

井架一寸一寸地往前"走"着……

一米，两米，三米……井架稳稳当当地往前走。

人们悬着的心平静下来。

十一米，十二米，十三米……

大队长王嘉善看了眼手表，整整用了十分钟，井架整体平稳地移到了新井位。

"嗷嗷！嗷——"

井架整体搬家成功啦!

人们尽情地欢呼起来,整个井场一片沸腾。

大队长王嘉善和王进喜、田肇雄紧紧地握手、拥抱。

工人们把队长王进喜托起来,抛向天空,尽情欢笑。

井架整体搬家的成功,立时轰动了整个油田,全玉门都传扬着王进喜的名字。

井架整体搬家是王进喜和工友们的一个创举,在后来的大庆石油会战还会看到这种场面……

汽车背个煤气包

王进喜领导的钻井队创造了月钻五口井、进尺五千米的全国中型钻机的最高纪录。为此，王进喜被称为"钻井闯将"，他的钻井队被誉为"钢铁钻井队"。

一九五九年九月，甘肃省劳模会在兰州召开。已经是省劳动模范的王进喜参加了这次会议，住在兰州最好的和平宾馆。晚上，他来到一同来开会的钻井总工程师彭佐猷的房间。

"彭总，求……求……"王进喜难以启齿，支支吾吾地说，"求你给写个发言稿。"

"行啊！"彭佐猷痛快地答应着，问，"怎么写？"

王进喜说:"我从一个放牛娃、黑油娃,成为新中国的一个石油工人,感谢党,感谢毛主席。别看我是钻井队长,可一个人就是有天大的本事,也打不出那么多井啊!更别说创全国纪录了。这都是大家一起干的,都归功于共产党、毛主席的好领导,归功于油矿和大队领导得好。彭总,你就给我写四句话,每句七八个字,写得大大的,我看一眼就明白了。"

"嗯!"彭佐猷想了想,挥笔在纸上写下:"玉门形势好;大家干出来的;党的领导和培养,放牛娃当劳模;社会主义好。"

劳模会分组发言时,王进喜掏出这张写着四句话的纸,足足讲了两个小时,激起一阵阵掌声。

在这次省劳模会上,王进喜被推举为国庆十周年观礼代表,同时被推选为出席"全国工交群英会"的代表。

上北京开会,还能见到毛主席,这可不是小事,不能让王进喜穿着老羊皮袄去啊!于是,单位出钱,给他做了一身中山装,还做了一顶他最喜欢的前进帽。从此,前进帽就成了他标志性的装束。

一九五九年十月一日,庆祝建国十周年大典在天安门广场隆重举行。

王进喜站在观礼台上,仰头盯着天安门城楼,终于见到了日思夜想的毛主席。

那一刻,他的心激动地飞了起来,飞到毛主席的身边……

"见到了毛主席,我这辈子没白活。"这几天里,王进喜的兴奋劲咋也过不去,见谁就跟谁说。

这天下午,趁休会的机会,王进喜和几位代表去参观天安门。

来到长安街,人来车往的,让王进喜的眼睛忙不过来。

看着看着,他渐渐地注意到穿梭的汽车,一辆辆公共汽车都背着一个大包,开得还很慢,这是咋回事?

他碰了下身边一个戴眼镜的代表,问:"汽车上背的是个啥?"

戴眼镜的代表说:"那是煤气包。"

"煤气包?"王进喜不解地问,"背煤气包干啥呀?"

"包里贮存的是煤气,是供给汽车的燃料。"

"哦!"王进喜瞟着汽车上的煤气包,说,"这就像骑驴背个草料袋子,驴子走累了就掏出草料喂一把。呵呵!"

"很形象。"戴眼镜的代表笑了下,说,"本来汽车是烧油的……"

王进喜奇怪了,问:"那为啥不烧油呢?"

戴眼镜的代表叹了口气,说:"咱们国家缺油啊!"

王进喜的心揪了一下,自个儿叨念着:"首都北京的汽车都没有油烧,别的地方就更不用说了……"

王进喜再也不问了。问啥呢?要问就问自己,北京的汽车背个煤气包,汗颜啊!

他觉得双脚抬不起来了,挨到马路牙子坐下来,默默地看着一辆辆背着煤气包的汽车在眼前驶过,心口堵得慌……

戴眼镜的代表还对他说,因为国家缺油,不少汽车停了,部队的坦克开不起来,用苫布苫上放在那儿;解放军的战机飞不起来,停在机库里;战舰

汽车背个煤气包

停在港湾里……单是山东的汽车就停了一半，这都是因为没有油。工业上不去，农业上不去，军队训练上不去……都是因为缺油。现在，汽油、柴油、煤油都要凭票定量供应，就像买粮油副食要供应票一样。

在玉门，王进喜的眼里全是石油，觉得打出那么多油，不会还不够国家用。

眼下，他真真切切看到了，原来国家这么缺油，这么难啊！难怪很多代表在发言时都讲到因国家油少，影响了本地区经济的发展，大声疾呼，要求石油部门快产油，多产油，摘掉中国贫油的帽子。

"唉！"王进喜一个人坐在那里深深叹气，跟自己说，"国家缺油，就连首都北京、毛主席住的地方、党中央所在地都没油用，汽车背上个大煤气包，我这个新中国的石油工人，还身为钻井队长，还当啥先进、劳模？还有啥脸见毛主席？……唉！真是愧对毛主席啊！"

冷风吹过，王进喜感觉面颊湿漉漉的，手一擦，是泪水流了下来。

首都的汽车背个大煤气包，在平常人眼里习以为常，可是在王进喜心里却是莫大的耻辱，是石油工人的耻辱！

煤气包虽然背在汽车上，却重重压在王进喜的心头，山一样。

从长安街回到宾馆，王进喜心事重重，闷闷不乐，变了一个人似的，也不那么爱说话了。开完会，他回到房间里就缩在墙角，闷闷地抽烟，见了熟人也不再开玩笑了，秦腔也不吼了。

同住一个房间的代表老林问："王进喜，你怎么了？"

"心堵得慌……"王进喜痛苦地说，"国家缺油，有难处，我们石油工人有愧呀！"

"别堵得慌啊！"老林拍了王进喜一巴掌，说，"我告诉你个好消息——东北发现一个大油田。"

"啊！"王进喜不敢相信自己的耳朵，一把拉过老林问，"大油田？"

"消息准确。"老林说，"松辽盆地松基三井喷油，勘探出十亿吨的特大油田。"

晴天霹雳，王进喜被这个喜讯震蒙了……他高兴得浑身发抖,一下子抱住老林,连连说:"这回我有使劲的地方啦!这就去找部长,到东北参加石油会战。"

风雪吹来的诗

在北京开会,王进喜心里一直燃烧着奔赴东北大油田的烈火,烧得他坐立不安。

请战!请战!请战!

玉门矿务局头一个批准了王进喜的请战,王进喜带领他的贝乌五队开赴松嫩平原,奔赴刚刚命名的"大庆油田"。之所以叫"大庆油田",是因为这是在建国十周年大庆时发现的油田。

经过长途跋涉,王进喜他们风风火火地从玉门来到大庆油田的萨尔图,迎接他们的不仅仅是火热的会战战场,还有凛冽的寒风和零下二十多摄氏度的寒冷气温。

下了火车,到指挥部报完到,王进喜和工友们就被嗷嗷叫的风雪包围了。

出去侦察情况的孙永臣冻得嗵嗵哈哈地回来了，向王进喜报告情况——萨尔图这儿就一条不大的小街道，一眼能从这边望到那边。只有一个旅店、一个招待所、一个大车店，还有附近老乡家，全都住满了会战大军。

孙永臣说完，拍打着身上的雪花，一脸苦相。

"瞅你那熊样！"王进喜的手猛地在风雪里一挥，说，"愁啥呀？非得睡热炕头啊？我说了，今晚咱就先找个地方对付一宿。这点苦还扛不住吗？"

"扛得住！"孙永臣吼了声。

工友们也跟着吼："扛得住！"

王进喜笑了，提高了嗓门儿："走！我们找个地方对付一宿。"

于是，全队一行人马穿过铁道线，绕来绕去，绕到铁西一个大车店门前。

风雪打着旋儿笼罩了大车店。透过风雪，模模糊糊能看到院子里面摇曳着一点微弱的灯火。

王进喜进了院子，挨个屋查看，屋里都住上

了人。

"那边有个马棚子。"孙永臣往院子西北角指了下。

"有马棚子住也行啊!"王进喜冲大家一挥手,"走!"

这是一个闲着的马棚子,大伙儿呼啦啦拥了进去。

哇!迎面扑来的是呛鼻子的马粪味,还有呜呜叫的老北风,破烂的窗户纸哗啦哗啦作响,寒风裹着冰冷的雪花卷了进来,在屋子里飞舞。房檐上挂着长长的冰溜,就像一把把倒悬的利剑,在风雪中闪着寒光。

"别愣着了,快找些草啥的铺铺,抓紧睡觉。"王进喜催促大伙儿。

大家又拥出马棚,到院子里寻找能铺的东西。

院子里有一大垛喂牲口的饲草。

大家拥上去就要抱,被王进喜制止了:"先别动。"

"咋的?"一个工友问。

"我得跟人家老板说一声。"他说着走向亮灯的屋子。

"痛快抱啊!"王进喜从屋子里出来,先抱了一大抱。

大家也都纷纷抱起饲草往马棚里走。

转眼间,马棚的地上铺了厚厚的一层饲草,躺上去暄暄的,软乎乎的,很舒服。

"抓紧吃东西,睡觉。"王进喜在饲草上坐下来,掏出干粮啃起来。

工友们也都坐下来,啃着干粮。

虽然天冷,可干粮冻不着。水壶就惨了,冻成一个冰疙瘩。

没有水,外面有的是雪呀!

于是,大家就到外面把雪团成团,一手拿干粮,一手拿雪团,啃一口干粮,再啃一口雪团。

"喂!就这'冰棍'吃得蛮有滋味的。"一个工友发现了房檐上的冰溜。

他拿根木棍敲下一根冰溜,攥在手里咔嘣咔嘣嚼起来,还一个劲儿说,"冰棍"好脆生啊!引得大伙儿哈哈笑。

他们正吃着,一团光亮闪现在门口。

是店主见马棚子太黑了,送来一个马灯给大家照亮。

大家吃着、说着、笑着,其乐融融,寒冷的马棚子一下子好似暖和了许多。

王进喜见大家兴致这么好,就说:"我讲一段《张飞夜战马超》,请听好——"

于是,他操着说书的腔调,讲了起来:"话说诸葛亮派兵讨伐马超,其实不是想要剿灭马超,而是想要收服马超,所以只有张飞能担当此任。当时诸葛亮先让魏延带了五百兵先行,张飞随后到达葭萌关之后,遇到马超的弟弟马岱,二人大战不到十个回合,马岱就战败逃走。第二天马超与张飞大战,马超穿银甲白袍,气质非凡,二人打斗上百个回合依旧没有分出胜负,这时刘备鸣金收兵,二人才分开,各自回阵。要知后事如何,且听下回分解。"

"好!好!"大家拍巴掌。

王进喜说:"我讲完了,你们谁也来一段。"

张启刚站起来说:"我来一段秦腔。"接着唱了段《陕西愣娃》。

唱完了，张志训也给大家唱了段《王朝马汉一声禀》。

"王队长也来一段！"工友们鼓着掌叫喊。

"好！"王进喜站起来，说，"给大家唱一段《秦英征西》。"他用女声假嗓子唱起来——"自幼儿生长在朝阳正院，父王疼国母爱，掌珠一般。配驸马秦怀玉称心如愿，俺本是金枝玉叶当朝公主，元帅夫人终日里异常心宽。这几年秦驸马边关征战，家撇下小秦英闯祸的儿男，我把他锁在书房严加教管……"

"好！好！好！"大家一个劲儿喊好，"再来一个！"

"不来秦腔了，来个别的。"王进喜唱完了，感到余兴未消，又提议，"来！咱们作首诗咋样？"

"哈哈哈！"话音一落，引起满屋子哄笑。

"咱们大老粗会作啥诗啊？"

"整两句顺口溜还差不多。"

王进喜说："你们笑个啥？谁说咱们大老粗就作不了诗啦？"

张启刚说："王队长你能作，就先给我们作一首听听呗!"

"我先诌一句,谁能接就接下句。"王进喜听着外面呼啸的风声,顺嘴就说,"呼呼的北风好像是……是风扇!"

大家鼓掌说:"好!不错!"

一个正往嘴里塞馒头的工人,呜噜着说:"白雪,白雪好像炒面!"

王进喜紧跟着接了一句:"四面八方来会战!"

一个工人又接下句:"要夺一个大油田!"

王进喜说:"说一千道一万,还得干,再加几个干干干!"

这下子把大伙儿的"诗兴"逗了起来,都来了兴致,七嘴八舌,边说边改。

"差不多了。"王进喜说,"我把大家说的拢拢,是不是这样——北风当电扇,大雪是炒面。山南海北来会战,誓夺头号大油田。干,干,干!"

"好诗!好诗啊!"

于是,大家齐声"喊诵"起来:

北风当电扇,

大雪是炒面。
山南海北来会战,
誓夺头号大油田。
干,干,干!

"铁人"的由来

玉门油矿的石油工人大军,浩浩荡荡奔赴大庆萨尔图。

一时间,参加大庆石油会战的工人、干部、技术人员、后勤人员,呼啦啦一下子拥来上万人,居住就成了第一大难题。

大庆石油会战指挥部只好让会战人员分散住在当地老百姓家。

王进喜的1205队的工人们分散居住在马家窑村的老乡家里。

马家窑的村民赵大娘家,住进了王进喜、孙永臣和丁国堂几名队员,睡了一铺大炕。

一住进赵大娘家,王进喜和孙永臣就给工人们定下规矩：不拿群众一针一线。

赵大娘是位和蔼可亲又朴实的老太太，对待前来参加石油会战的小伙子们跟亲儿子似的，一点儿都不见外，觉得这些小伙子可亲可爱，招人稀罕。

赵大娘常常是忙活完了屋里的活，就到井场上看小伙子们打井，瞅着小伙子们的生龙活虎劲，心里头舒坦。

队长王进喜在赵大娘家就住了一宿，再也没见回来。

赵大娘问支部书记孙永臣："王队长咋总也不回来呢？"

孙永臣说："他就那人，一干起活来就没家了。"

"那他睡在哪疙瘩呀？"赵大娘问。

孙永臣叹了口气，说："逮哪儿躺哪儿。"

"哟！"赵大娘心疼了，说，"天头挺冷的，落下毛病可咋整？痛快叫他回家来住吧！我把炕烧得热乎乎的。"

"嗯！"孙永臣答应着，"我今天就把他拽回来。"

赵大娘说:"人也不是铁打的,总不回来睡觉,他真的是铁打的?"

孙永臣说:"这人牛脾气一上来,比铁还硬。"

赵大娘惦记着王进喜,这天傍晚,煮了咸鹅蛋,做好秫米(高粱米)饭,领着小孙女,挎着柳条筐来到井上看王队长,碰上场地工人许万明。

赵大娘问:"王队长呢?"

许万明指指发电机旁的一个泥浆槽子。

赵大娘一瞧,王队长身上盖着老羊皮袄,头下枕着一个铁疙瘩,正睡着呢!

"人是铁,饭是钢,就是铁人也得吃饭啊!"她上前要叫醒王进喜,许万明摆手摇头制止了。

"王队长两天没合眼了,"许万明解释着把赵大娘拉到一边,低声说,"太累了,就让他多睡会儿吧!"

"多好的孩子呀!"赵大娘眼窝热了。

第二天,赵大娘还是惦记着王进喜,把两个煮熟的鸡蛋揣到孙永臣衣袋里,说:"这孩子在外头肯定也吃不好,给他补补身子吧!"

孙永臣虽然带上了,可晚上又拿回来了。

赵大娘问:"咋的,嫌少啊?"

"大娘,你忘了?"孙永臣提醒说,"王队长不早就下令'不拿群众一针一线'吗?"

"啧啧!"赵大娘咂着嘴说,"你们这些钻井工人真是'穿蓝工服的解放军'啊!"

王进喜是西北人,爱吃面条。赵大娘知道了,就把平时过年过节才吃的白面拿出来,擀了碗面条,再拿上醋,用瓦罐盛了,怕凉了用小棉被包上,送到井场找王队长。

这时工人们正在往钻井台上拉绞车。

赵大娘瞅着王队长在钻井台上,跟二十几个人手攥大绳往上拉一个大铁家伙,下面十几个人扛着撬杠往上撬。在吼声中,她看到王队长脱掉老羊皮袄,只穿件单布衫,拽着大绳边喊号子边往上拉。

那个大铁家伙终于在号子声中上了钻井台。

赵大娘上前大声喊:"王队长,歇会儿吧!"

王进喜瞅了赵大娘一眼,让赵大娘看到了,王队长的嘴唇裂了口子,冒着血丝;肩膀渗出了血,血又染到冰冷的撬杠上……

"孩子啊!"赵大娘提高了喊声,"面条热乎着呢！下来吃一口吧！"

然而，王进喜又去埋头拉泥浆泵了，没听见似的。

丁国堂过来说："大娘，别等他了。挺冷的，回吧！"

没法子，赵大娘只好叹了口气，往家走。

后来，赵大娘心疼地对住在她家的工人说："大娘活了大半辈子，没见过这么拼命的人，你们的王队长真是个铁人啊！"

打这儿，"王铁人"的名字就传了出去，代替了王进喜的大名。

当时的石油工业部部长余秋里在"五一"万人誓师大会上，高举独臂呼喊："向王铁人学习！向王铁人致敬！"

铁人的图形字

王进喜没文化,是个大老粗,这谁都知道。

刚刚从玉门开进大庆,王进喜就抓空儿学文化,谁识字就跟谁学,从来不觉得丢脸。

一同从玉门来到大庆的指挥部总指挥康世恩对他说:"光能干还不行,还要加强学习,提高文化水平,这样才能更好地领导钻井队。"

"嗯!我一定好好学认字,"王进喜点着头,攥了下拳头,说,"我保证用打进尺的速度来认字。"

1205队新来的小青年不是大学毕业,就是中专生,他们都成了王进喜的老师。一有空,他就找"老师"认字。

很快,王进喜能认三百多个字了,能写简单

的"信"了。不过,不会写的字常常要用"图画"来代替。

这天,已经当上了大队长的他忙得脚打后脑勺,脱不开身,就给"李巨任钻井队"写了封信。

信是文图结合,字好几处是"图画字"或用别字、白字来代替。

这样的字,谁能认识呢?

不认识,就"看图说话"呗!

张局长说把李巨(此处用一把锯子代替)任队调过去,他们还是可一(以)打好。叫我们把钻井队的工人,很好的组织一下,给讲清初(楚)。

张局长说,钻井的同志,你们把井(打得)很好的。(此处用图代替,意思是"你们两个人合计合计")他说,能不能把井连你们,也从困难(摆脱出来),用很多的(人),把套管(此处用图代替,意思是"两个人抬")抬上去,送到井上。(此处用图代替,意思是"抬到一起")用上最大的（努力）把井管（此处用图代替）（整齐地）排起来。

接着第三张信纸上的大概意思是——

收回钻井管里面的岩芯，要注意井管的接头处，不能有一点儿马虎（此处是圆圈里面带点儿的图，意思是"采取率和完整率"），所有的管子里的岩芯都要取干净、取完整。要求做到百分之百的采取率和百分之百的完整率（此处是密密麻麻的黑点儿，代表取岩芯的"采取率"和"完整率"）。

这样的信，别人是看不明白的，可时间长了，钻井队长和工友们一看王进喜的"图文信"就明白怎么回事了。

"有进步。"看到王进喜的"图文信"，总指挥康世恩说，"这还不行，得把这些图全消灭掉！"

王进喜呵呵笑了，说："康总，我保证，用不了半年,一定把这些图消灭掉!"

果然,他就像提升钻井进度那样,如饥似渴地认字,没用半年,他写的报告、信件中再也见不到"图"了。

钻机扛在肩上

"队长,咱们的钻机到了。"

"井架也找到了。"

天还没亮,一大早出去打探钻机的队员孙秉科、李国宝气喘吁吁地跑进马棚子,兴奋地向王进喜报告。

"在哪儿?"王进喜忙问。

孙秉科往外指了下,说:"钻机在喇嘛甸。"

李国宝用棉袄袖子擦了下鼻子,说:"井架在安达。"

"呵呵!钻机、井架分家了……"王进喜说,"那你们就兵分两路,天一亮就把钻机调到萨尔图,李国宝你回去叫人来卸钻机。我呢,跑一趟指挥部，要车。"

队长把活分完了，大家就呼啦啦立马行动。

太阳爬到房顶上了，拉着1205队钻机的火车喷着气浪驶进了萨尔图车站。

"我们的钻机到啦！"

工友们看到车上标着"05"队编号的钻机设备，雀跃欢呼。

钻机是到了，可是怎么卸车？

怎么搬运？

怎么安装？

从指挥部赶回来的王进喜瞅着火车上那些铁家伙，挠头了。

他从总指挥那里得到真实情况——

指挥部总共只有吊车一台、解放牌汽车十几台，拖拉机说有，可还没到。

副指挥刘文明对王进喜说："吊车不知在哪个队，我尽快调过来，汽车可以给你七八台。王队长你放心，我尽快联系。"

王进喜想了下，伸出右手，张开五指，说："我只要五台解放牌汽车，别的你就别管啦！"

刘文明副指挥说:"这我能办到。"

这里所说的"钻机",又被称为钻塔、井架,是由井架、钻台、机泵、井场配套设备几大部分组成的。

王进喜他们1205队的这部钻机是贝乌40型中型钻机,有一个高三十八点七米的井架、一个高二点二米的钻台,还有柴油机、绞车、泥浆泵、变速箱等十几台大小设备。另外,还有发电机房、高架油箱、泥浆罐等配套设施,大小机泵设备几十台,都加一块儿总重量有六十吨,堆在地上那么一大片,小山似的。

你说,这么多"重如泰山"的铁家伙,王进喜咋不犯愁?

他坐在钻台上,打量着那些冷冰冰的家伙——最沉的是泥浆泵,把小零件卸下来还有五吨多重,别的小点的有几百斤,大点的上千斤。玉门拆散搬家,得用大吊车四台、大型太脱拉拖拉机四台,越野汽车十台,还要由专业安装队搬运。

王进喜从钻台上站起来,目光扫了一圈工友们,说:"眼下会战上得快,干得猛,吊车、汽车都让人家抢去了,我们下手晚了,都没了,你们说咋整?"

大家像冻僵了似的,呆呆地站在雪地里。

有的在底下喊喊喳喳——

"搬运设备都让人家抢去了,我们没法整!"

"没条件,就等呗!等人家把吊车啥的用完了,咱们再干。"

"呵呵!我要是孙悟空就好喽!一变就变来大吊车、大卡车。嘿嘿!"

"都别说三七疙瘩话了。"寒风中,王进喜挺直腰杆子,高声喊,"咱1205队到大庆十几天了,待在这疙瘩没动地方,大家急,我更急啊!眼瞅着钻机搁在这儿,我们咋办?要我说呀,只要我们肯吃苦,不怕累,咬牙干,钻机就能搬到井位上。还是那句话,有也上,无也上,创造条件也要上。我们一定要快做准备早开钻,早日拿下大油田。"

大家跟着队长喊起口号:

"早日拿下大油田!"

"早日拿下大油田!"

"早日拿下大油田!"

响亮的口号在凛冽的寒风中翻滚着、冲撞着、回荡着……

党支部书记孙永臣说:"只能进,不能退,只能上,不能等,就是豁出命来也要上!"

王进喜接着说:"对了!我们大会战也像打仗一样,只能上,不能退;只能干,不能等!没有吊车,我们三十七个人就是三十七部吊车,汽车不够,我们有手有脚有肩膀,蚂蚁搬山也要搬。我们就是要靠我们自己的力量卸车、搬运、安装,争取早开钻,你们说咋样?"

"干!干!干!"全队回答的声音此起彼伏。

"好。刚才我说了,有也上,无也上,天大困难创造条件也要上!"

王进喜一把甩掉老羊皮袄,在地上抄起一根撬杠,跳上了槽子车,打开列车大厢板。工人们随后也抄起家伙,一个接着一个地跟着跳上火车。

"嗨哟!嗨哟!"

强大的号子声响彻萨尔图站,顶退了硬硬的寒风。

王进喜让解放牌汽车靠到火车边上,大家手

搬、肩扛、人抬，把大钳、卡瓦、水龙头、大钩等部件装满一车，让它赶快拉走，最后就是卸泥浆罐。

这泥浆罐是个五吨多重的大家伙。

"来！在火车汽车之间用几根钻杆搭上一条滑道，在大罐上拴上大绳，前边拉，后边推，底下用撬杠撬，我们用肩头把它弄到汽车上去！"王进喜布置着。

"嗨哟！嗨哟！"

大家又是喊着号子，硬是用肩膀把泥浆罐抬到了汽车上。

太阳缓缓地朝地平线坠落，暮色笼罩着车站。这时，装载井架和底座的火车开进萨尔图站。

"接着干！"

王进喜冲火车一挥手，像带领士兵冲锋，指挥全队连夜卸车，在天亮前把井架搬到井场。

夜幕把荒凉的火车站裹住了，一堆堆篝火照亮了1205队工人挑灯夜战的身影。号子声此起彼伏，说笑声欢快热烈，寒风也好像知趣地变小了。

东方泛起粉红，六十多吨重的钻井设备，全都搬下了火车,运到了萨-55井场。

一连干了一天一夜的工人们累倒了,躺在井场上横七竖八地睡着了,睡得那么香甜……

朝阳缓缓升起,把瑰丽的霞光涂在工人们的身上、脸上,融进他们的梦里……

石油工人一声吼

1205队的钻机全都运到了新井位,大大小小的部件在雪地上摊了一大片,沐浴着暖暖的晨光。

吃完早饭,苦战一天一夜的工人们头戴铝盔,身穿工装,手持撬杠,腰板挺直地站在那里,好似严阵以待的士兵,等着队长下达冲锋命令。

王进喜登上钻井台,扫视一眼小伙子们,扯着大嗓门儿说:"工友们,别的队已经开钻了,可我们队的钻机才运到井场。要想撵上人家,咱们就要憋住一口气,撒丫子撵上去!"

"撵上去!"小伙子们高声喊叫。

"好样的!"这些小伙子真的招王进喜喜欢,他抬起右手划了一圈,说,"你们,就是今天安装钻井的攻坚战士,1205队的钻井就靠你们竖起来啦!咋样?能不能完成任务?"

"能!能!能!"

喊声如雷,碾轧着脚下的冰雪。

王进喜分配完任务,手往下猛地一劈,吼道:"开干!"

大家嗷嗷叫着奔向自己的阵地,开始了新的鏖战。

不知不觉间,雪又稀稀拉拉地下了起来。先是细碎的小雪,接着就是大片的鹅毛雪。虽说快到四月末了,可在东北的旷野上,还是寒冷如冬。

田野白茫茫一片,马家窑那根用红油漆写着"萨-55"的木桩都模糊了。可王进喜看得清楚,这儿就是1205队要打的第一口井的井位。

井位,在王进喜眼里非常神圣。

他把井位基点看作战士射击的靶心。

"大家都注意啦!"王进喜严肃地说,"地质勘探给咱们定的井位就是法律,一点儿都不许有偏差。我要大家以木桩为基点,把钻井台基座安好,保证开钻时打准井眼,不差分毫。听明白了吗?"

"明白了!"

大伙儿一齐喊,声浪把雪花冲得纷乱。

"那好,下面开始安装钻井台。"王进喜看上去是个粗人,可心里头细着呢!昨天晚上,他就和技术员郭继贤一起把两个船形底座的尺寸量好,位置画上线,这样就好干多了。

如果钻井台底座安装就位,就算完成了钻井安装工程的一多半了,往下就好干了。

"各就各位,手脚麻利点。"王进喜随手抄起一根撬杠。

全队几十个小伙子,干起活来个个生龙活虎。他们用铁棍撬,用大绳拉,用肩膀扛……不大会儿就把两个底座安装到位了。

接下来就是安装泥浆泵了。

泥浆泵是整套钻井设备里最大最沉的,有五吨多重。要是往常,得用"红旗100型"大拖拉机拉。

可现在没有拖拉机,就得把人当拖拉机了。

用人力来把五吨重的泥浆泵弄上钻井台,等于蚂蚁撼大树。

这么大的铁疙瘩咋搬?

王进喜跟大家合计出"滚轴搬运"的办法——先用铁轨铺上爬坡"轨道",再把滚杠塞到泵底下,然后在泵上安一排滑轮,泵前面拴四条粗绳。

一切准备好了,开始往上撬动泥浆泵。

"听我喊号子,大家一齐用劲!"王进喜扯着嗓子喊起来,"开撬!嗨哟!"

几十个人一起把撬杠插进泥浆泵下,肩头扛住铁棍用力——"嗨哟!"

泥浆泵向前移动了一寸,马上塞进一根滚杠。

"闷住!再来!"

随着王进喜的喊声,大家再撬——"嗨哟!"

泥浆泵又前进一寸,再塞进一根滚杠……

泥浆泵终于被拉上了平台,但还没移动到指定位置。

王进喜又把人分成四排,去拽滑轮上的大绳,前边有人拽,后边有人推。

"听我的号令!"王进喜举起手拽起大绳,开始喊号子——

"同志们加把劲呀!"

大伙儿齐声喊:"哎——嘿!"

"这下子动弹了啊!"

"走——啦!"

"咱们干劲大呀!"

"哎——嘿!"

"再难也不怕啊!"

"走——啦!"

"咱们一声吼呀!"

"哎——嘿!"

"地球也发抖啊!"

"走——啦!"

嘣!

突然,一根大绳绷断了。

拉绳人摔了个屁股蹲儿。

他爬起来,顾不上划拉身上的雪,接上大绳继续拉。

撬棍弯了,换一根接着撬。

号子声一声接一声,泥浆泵一点点往前挪。

肩头被大绳、撬棍磨破了皮,塞只手套垫上,继续往前拉,接着往前推;手撸出了血,从衣服上撕块布缠上，忍着疼痛继续干……

经过工人们汗与血的拼搏，两台泥浆泵顺利到位。

工人们的兴奋劲还在心头翻腾，止不住喊号子——

"咱们干劲大呀！"

"再难也不怕啊！"

"咱们一声吼呀！"

"地球也发抖啊！"

泥浆泵虽然安装完了，可是还有和泥浆泵一样重的绞车呢！要把绞车拉到两米多高的钻井台上，不比拉泥浆泵容易。

第二天，开始往钻井台上搬绞车。

王进喜还是和工友们喊着号子，三十几名工人铆足全身的劲拉着绞车一点儿一点儿地向上爬……硬是把万斤绞车拉上两米多高的钻井台。

战斗虽然结束了，可粗犷的号子声还在松嫩平原的旷野上回荡着——

"咱们一声吼呀！"

"大地也发抖呀！"

"钻工干劲大呀!"

"困难再大也不怕呀!"

后来,宋振明把王进喜的这些号子改了下,变成了一首石油工人的经典诗:

石油工人一声吼,

地球也要抖三抖;

石油工人干劲大,

天大困难也不怕!

第一口井喷油啦

1205钻井队的井架立起来了。

四十多米高的井架就好像挺立的石油工人，在松嫩平原上显得十分巍峨。

1205钻井队一切都安排妥当，就要开钻了。

钻井离不开水，没有足量的水，一旦发生井漏、井喷事故就麻烦啦！

没有足量的水，就没法开钻。

1205钻井队所在的马家窑的输水管线还没铺设。

王进喜跑到指挥部的调度室，开口就说："我要罐车。"

调度员说："罐车有，可得排队，要等。"

王进喜问:"等几天?"

调度员回答:"三天。"

"哎呀!"王进喜在调度室里跺着脚,转磨磨,搓着手说,"没有水,我咋开钻啊?"

咋办?王进喜回到队里,召开全队会议,大家都来想办法。

年轻的司钻许万明站起来说:"马家窑的水井里有水,没罐车拉水,咱们不会用脸盆端水吗?"

王进喜一拍大腿,说:"小许这主意好啊!我还是那句话,有也上,无也上,创造条件也要上!"

叮叮当当!工友们忙活起来。一时间,脸盆、水桶的碰撞声交织成美妙的音乐。

1205钻井队的全体队员行动起来,先从马家窑的井里取水,可没多大工夫就把井淘见底了。

"那边有个水泡子。"王进喜指着西南方向的荒甸子说,"上那儿去瞅瞅,兴许有水。"

大伙儿拥到水泡子,可是它被冻住了,变成了冰泡子。

几个年轻人跑上去,跺跺脚,可厚厚的冰一点儿动静都没有。

"快去拿镐,打冰窟窿。"

工人们听了队长的话,赶忙拿来洋镐(十字镐),咔咔地刨起来。

随着镐起镐落,冰屑飞溅,冰层刨穿,清水咕嘟咕嘟冒出来,溢满了冰窟窿。

东北人热情、实在、仗义,附近屯子的老乡瞅见工人们破冰取水,便拎了洋桶(水桶)、端着脸盆、挑着柳罐(用柳条编织的水桶)赶来了。

老乡都来支援,机关干部也坐不住了,端着盆、拎着桶加入运水队伍里。

一时间,荒甸子的沙湖上,一百多人排成一支长长的运水队伍,你传给我,我传给你,脸盆、水桶、柳罐……就像一条传送带,清水源源不断地流向泥浆池。

虽然人多,端得也快,可干了半天,水才把泥浆池底盖上。

"进度这么慢,猴年马月才能把泥浆池蓄满啊!"王进喜又犯愁了。

马万福凑到队长跟前,说:"井位离水泡子不太远，挖一条小水沟咋样？"

王进喜重重拍了下马万福的肩膀，说："你小子早说呀！挖条水沟，不正像水渠一样让水自个儿淌进泥浆池吗！好办法！"

于是，王进喜叫马万福领十几个人开出一条水沟，湖水哗哗流下，流进那又大又深的池子里。

水沟流水，端水不停，足足干了一天一夜，端了足有五十多吨水，泥浆池满了，足够开钻用的了。

虽然苦干了一天一宿，可人们看到泥浆池蓄满了水，都高举脸盆、水桶欢呼起来，叮叮当当地敲打着脸盆、水桶。

一九六〇年四月十四日，积雪融化了，荒原被淡淡的绿色覆盖，春天的气息笼罩着油田。就在这一天，1205队开钻，打了第一口井——萨-55井。

队长王进喜站在滚筒上，提高嗓门儿说："我一到大庆就想开钻，恨不能一拳头砸出一口井来！把萨-55井打好，创出一个全国纪录，向党、向毛主席报喜！"说到这儿，他振臂高呼，"打响第一炮,迎接大会战!"

"打响第一炮,迎接大会战!"

工人们一齐高呼。

石油大军到大庆打的第一口井——萨-55井开钻了!

轰隆轰隆……

荒原上响起钻机声。

那么高的钻塔,还有轰鸣的钻机,让马家窑的村民们很好奇,纷纷跑来看热闹。

萨-55井闯过了一关又一关,用了五天零四个小时就打完了第一口井,创造了当时的最高纪录,这也是1205队到大庆的第一个纪录。

接下来是完成电测、下套管、固井、射孔、安装采油树、接油管,一切都准备好了,就等着到四月二十八日——

萨-55井正式开阀喷油。

石油工人、干部、村民都来观看,把井场团团围住,人山人海。

人们的目光凝聚在喷油阀上。

"开阀——"

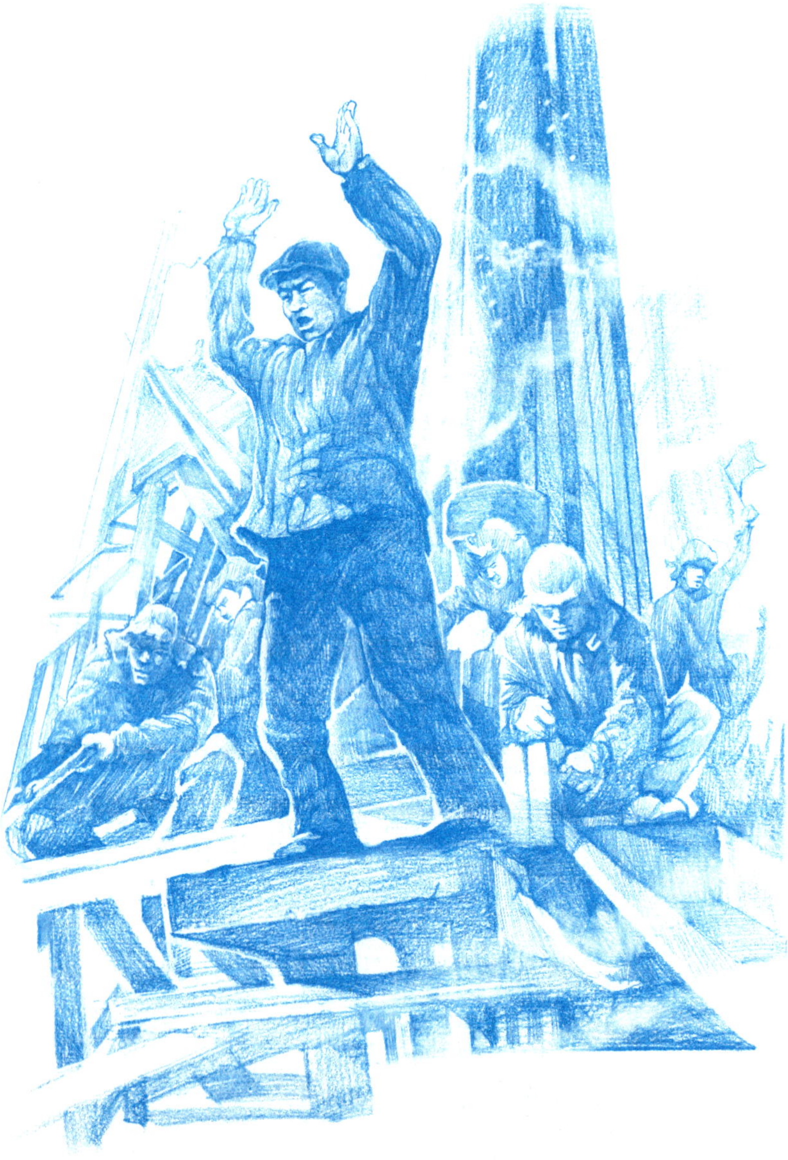

随着王进喜的号令,一股黑色的油呼地喷出来,射向半空,黑雨一样落在远处的大坑里。

"嗷嗷!"

"啊啊!"

"哈哈!"

整个萨-55井场沸腾了。

工人们打闹着,孩子似的把滚热的原油你抹在他脸上,他抹在你脸上,人人成了大花脸。他们说着,笑着,搂着,抱着,蹦着,跳着……高兴得发疯,发狂。

当时,萨-55井这第一口大庆油井每天能产出原油一百多吨。到现在每天还能喷出一吨多的油,真是不可思议。

奇迹!

土坑当床

哗哗哗……

第一口油井萨-55的油还在往外喷,王进喜带领1205队转移到第二口井,又开始了新的鏖战。

松嫩平原,荒凉一片。

虽然已经进入了春天,可在东北的春天仍有积雪没有化尽,早晚春寒料峭,寒风刺骨,不亚于冬天。

王进喜日夜坚守在井场——吃,就蹲在风中吃;渴,喝一口桶里的冷水;住,就躺在旁边的一个土坑里睡……

本来作为队长的王进喜是有住处的,他被分配在马家窑的赵大娘家。

一铺火炕，同住的还有支部书记孙永臣。

可是，一到晚上赵大娘又见不到王队长的面了，这人睡在哪儿？

"孙书记，你给我撒目撒目（方言，找找看），这王队长天天在哪疙瘩睡觉啊？"赵大娘求着孙永臣。

"嗯哪！"孙永臣回答，"帮大娘好好找找。"

他嘴上这么说，可心里头明镜似的，王进喜常常睡在钻井旁边的土坑里呀！

"那就托付你了。"赵大娘嘴里叨叨着，"外面还这么冷，身子骨再硬实，也顶不住春寒啊！"

常言说：打春你别欢，还有四十大冷天。

这就是东北的节气。

跟南方没法比。

夕阳又渐渐坠落在荒原的草棠里，天边泛起烈烈的火烧云。

王进喜和工友们啃完了凉馒头，就夹起那件老羊皮袄朝旁边的土坑走去。

这个土坑有土炕那么大，半人来深，上面是

个土崖，长着萋萋蒿草，风吹来发出吱儿吱儿的哨音。

萨尔图，蒙古语意为"多风的地方"。大风一刮起来，嗷嗷的，就像野狼群在一齐嗥叫。

即使风吹得再大，王进喜在土坑里仍然睡得挺香。

土坑里垫了些蒿草，是王进喜用手搂来的，这样能扛住点返潮的地气。

王进喜把老羊皮袄往蒿草上一扔，随后躺上去，把老羊皮袄往身子上一裹，就打起了鼾。

孙永臣悄悄来到土坑边上，看着王进喜的睡姿，听着闷响的鼾声，不忍心叫醒他——唉！太累了，他真的太累了。

白天和工人们一起干，夜晚还要坚守岗位，啥人能禁得起这样的折磨呀！

孙永臣鼻子一酸，眼眶发热——

作为支部书记，孙永臣不是没劝过王进喜，可苦口婆心地怎么劝也不顶用。

那天傍晚，飘起小雪来。

天黑透了，在赵大娘家里，孙永臣还不见王进喜回来，就赶到了井场。

"王队长呢？"他问小黄。

小黄指指旁边那个土坑，没说啥。

奔到土坑边上，孙永臣见王进喜躺在那儿，跳下去就把他薅了起来，喊着："走！跟我回去睡！"

王进喜迷迷瞪瞪，揉着眼睛问："上哪儿去呀？"

"赵大娘家呀！"

"别搅腾我睡觉。"

"你是对赵大娘有意见？群众关系怎么搞的？"

"我的好孙书记……你就别给我扣帽子了。"

"赵大娘家就离井场不算太远，干吗睡这儿遭罪？"

"我这不是防备万一，有个事情一翻身就到井上了，不耽误事啊！"

孙永臣犟不过王进喜，无奈地摇头。

"呵呵！"王进喜笑了下，风趣地说，"天当被，地当床，一觉睡到大天亮。"说完，倒头又要睡去。

孙永臣喃喃地说："夜里这么冷，地这么潮，你咋受得了?"

王进喜哼了一声,说:"我小时候领着爹爹讨饭,一到晚上就得找住的地方,要是能有个破庙就享福喽!不是睡在人家的门洞里,就是睡在树底下,再不就是睡在露天地,那个苦啊!早就领受过了。今天,睡土坑,为了国家打井出油,这点苦算个啥!"

"你不上赵大娘家,我就陪着你……"孙永臣往地上一坐,也来了犟劲。

王进喜翻身起来,说:"好啊!陪着我数星星。你看,满天的星星多亮。"

孙永臣哼了一声,说:"你还有这个闲心……"

"不是闲心。"王进喜认真地说,"你看,一颗星星,就是咱们的一口油井,总有一天,我们把天上的星星都打成油井,我们的国家就甩掉了贫油的帽子,国家就会强大了。"

"王队长!"突然传来小黄的喊声。

王进喜噌地跃起,朝钻井台跑去。

孙永臣紧跟着也跑向钻井台……

干打垒

孙永臣犟不过王进喜这个西北汉子,可怎么也不能让他睡在土坑里,工人们老是借住在老乡家里,也不是长久之计呀!

是啊!从一九六〇年三月到五月,短短三个月的时间里,荒无人烟的旷野上,一下子聚集了四万多人的石油队伍,风餐露宿,坚持会战。

工人们受的苦,工人们遭的罪,干部们和上级领导都看在眼里,急在心头。

居住条件困难,让大庆石油会战指挥部挠头,石油部和黑龙江省委也在讨论研究怎样才能尽快给石油工人盖上房子。

"入冬前,把人撤到哈尔滨、长春、沈阳、抚顺，等到来年春天再拉上来，不就把冬天给避过去了吗？"有人提出"躲"的办法。

这话传到王进喜耳朵里，他立马反对说："寒风再大，我们也要把它顶回去！天头再冷，我们有一腔热血，把它给化热。想要撤兵，那不等于在战场上当逃兵吗？再说了，等到明年春天，黄花菜都凉了。早日拿下大油田，那不成废话了吗？"

孙永臣拉住王进喜的手，拍拍他的手背，说："这儿的天气冷到啥程度，我们找当地老乡了解了解，心里好有底。"

他们来到老乡家里，唠家常。

老乡常大叔说："我们这疙瘩一年冷大半年，最冷的时候鼻子耳朵都能给冻掉。"

王进喜和孙永臣听了，寒冷的程度让他们心里发怵。

"冷倒没啥……"常大叔接着说，"我可不是吓唬你们，白毛风、大烟泡可邪乎啦！不把人给冻死，也得冻伤。"

看来情况严重，不早点动手，怕是冬天难熬呀！

情况反映到当时的石油工业部部长余秋里那儿，他在办公室里来回踱步，思考着：不能走"躲避严寒"这条路。如果躲了冬天，一年实际会战时间只有六个月。这样一来，党中央批准的石油大会战，就会变成拉锯战、消耗战，势必推迟油田开发的时间，给国家带来更大的困难。

余部长接通了黑龙江省委第一书记欧阳钦的电话。

欧阳钦向余秋里提建议："要想解决石油工人的住房问题，我看来快的就一个办法，那就是建东北老乡住的那种'干打垒'。"

余秋里问："什么干打垒？"

"干打垒，就是我们北方农村最简便的用土做原料建的房子。"欧阳钦说，"这种土屋好建啊！好就好在一可以就地取土，二可以人人动手，三可以节省木材，四是冬暖夏凉。"

"这个办法好！"余秋里赞成，说，"你们派出一些建筑设计人员、施工技术人员，深入下去，找民间木瓦匠，调查清楚土坯房和干打垒建筑的用材、设计、施工情况，紧接着开建。"

建干打垒的命令下来了,王进喜立即召开全队会议,动员大家齐心合力开干。

孙永臣从屯子里请来了老乡曹木匠,指导建造干打垒。

王进喜登上一个土堆,冲大伙儿说:"自个儿窝,自个儿建!铆足劲,别懒蛋!有房住,身子暖,有精神,劲也满,齐上阵,大会战!"

以往僻静的马家窑沸腾了。

"慢!"王进喜双手往下压压,说,"大家别着急。干打垒不是窑洞,这种房子我不会建,先听曹师傅指挥,听明白了,看明白了,再开干也不晚。磨刀不误砍柴工!你们说是不是?"

大伙儿回答:"是——"

王进喜接着说:"都别吱声,听曹师傅讲。"

曹木匠面朝东南方,说:"建干打垒先要定好朝向。我面朝的是偏东南,就是朝阳,这样日头出来屋子里就能见到阳光。"

曹木匠用白灰把干打垒的位置圈上了。

"好啦!"曹木匠说,"接下来就是埋桩头板、备夹木。大伙儿都上点心,桩头板就是按山墙的高度厚度,上窄下宽,打出的墙,脚重头轻,这才能多挺几个年头。"

埋桩头板是技术性很强的活,如果稍有不慎把桩头板埋偏,夯出的土墙就是歪的,用不了多久墙就会自己倒塌。

王进喜说:"这技术活我来。"

曹木匠接着指点:"桩头板埋完了,两头用檩子支撑,夯楔子固定。接着,备夹木,要两丈(五至六米)多长的粗檩子四根。"

四根檩子备好了。

"还要备大头小尾的线麻绳八条,夯土用的铁榔头、木榔头。"曹木匠说,"接着是用檩子沿桩头板从两侧夹紧,用绳子系活扣把檩子拴紧,固定。干完了,就可以开打了。"

王进喜挥手,喊道:"开夯!"

"慢!"曹木匠抬手制止大家,说,"打墙要用黄黏土,打出的墙才结实,别的黑土、沙土不能掺和。还有,夯一层,要撒一层瓤绞(就是柴草),这样土墙才有抓头(土与土相连)。"

王进喜拎起木榔头,说:"好嘞!填土,开夯!"

大家七手八脚往槽子里填土，填满了，站成一排，要开夯。

曹木匠又说话了："慢点，先踩土。都脱鞋光脚，脚跟用力，把檩子边的黄土踩实，这样才能保证土墙坚挺结实。踩墙不用瞅，全靠屁股扭，打墙不用看，就瞅猫腰站。踩实了，就开夯吧！"

大家脱了鞋，用脚跟把檩子边上的黄土踩实，王进喜喊起了号子——

"自个儿窝啊！"

大家喊："自个儿建！"

"铆足劲呀！"

"别懒蛋！"

"有房住啊！"

"身子暖！"

"有精神哪！"

"劲也满！"

"齐上阵啊！"

"大会战！"

……

工友们越干越来劲。

墙越夯越高,一天的时间,夯实的房框子立起来了。

指挥部运来了檩子、椽子,房顶铺满高粱秸,先踩一层黄土,为防漏雨再抹一层碱土泥,干打垒就建成了。

这些干打垒,拉上了电,有了火墙火炕,用天然气烧水做饭,电灯照明,还装上了自来水龙头,住在里面真赶上"天堂"了。

搬进了自己建的干打垒,王进喜再也不睡土坑了,工人们再也不遭罪了,接下来就是奔赴石油大会战了。

拼命也要拿下大油田

一九六〇年四月二十九日这天，天蓝得透亮，草原像铺上了绿色的地毯，远处的沙湖里落下几千只天鹅，白皑皑一片，就好像洁白的羊群。云雀飞上半空悬停，叽叽啾啾地鸣唱。马兰花蓝遍了甸子，花瓣像一双双小手举向天空。正值繁殖期的野鸡，在草原上追逐着，展翅起飞时展开斑斓的羽毛……

美丽的春光里，大庆油田"五一"万人誓师大会就要召开了，指挥部点名王进喜必须参加。

在万人誓师大会上，王进喜被树立为典型。指挥部号召参加大会战的石油工人向王进喜学习。

"五一"万人誓师大会结束的当天,1205钻井队就准备往第二口井搬家,先是拆钻塔。

东方刚刚泛白,原野上笼罩着一片雾气。

王进喜指挥着工人放井架。

"留心!留心!"

王进喜仰头望着,喊着,钻杆缓缓下降。

"啊!"一个工人大喊,"注意!"

突然,一根钻杆脱落。

百斤重的钻杆滚了下来。

"队长!快躲……"

话音没落,下落的钻杆砸在了背对着钻杆堆的王进喜的右腿上。

"队长——"

工人们叫喊着围了上来,七手八脚把钻杆抬开,把队长抱起来,有的人大声喊叫,小黄还哭了起来。

王进喜昏了过去。

"队长!"

"队长!"

"队长——"

大家一声接一声地呼喊，过了好一阵，王进喜才睁开眼睛，醒了过来。

"你们这是……"他见队友们都围着他，活撂下了，可井架还没放下来，还在那儿立着呢，气就上来了，忍着疼说，"我又不是泥捏的，砸一下就散了？哭啥！没出息。"

"队长，疼吧？"

"队长，快上医院吧！"

"快把队长抬下去！"

"干啥？"王进喜一下就火了，三把两把推开身边的队员，说，"你们这是咋的了？我说了又不是泥捏的，砸一下没那么娇性。"

大伙儿没声了。

"接着干！"他说完，挣扎着站起来，挥动双手，又开始指挥大家放井架。

小黄眼睛尖，发现血渐渐透过队长的裤子，淌进鞋里，慢慢地浸红了鞋帮。可他不敢说什么，怕挨队长骂，只当没看见，赶紧干活。

别的工人也看到了，知道队长性子急，活不干完，肯定不会去医院，就忍着心痛，抓紧时间拼命地干,早点把活都干完,好让队长早点去医院。

孙永臣书记赶来了,瞅见王进喜右腿裤筒和鞋上都是血,就冲工人们喊:"还等啥?痛快往医院抬!"

王进喜镇定地对大家说:"孙书记,眼下是打井拿油的关键,领导要是知道我受了伤,非叫我住院不可。你看这样行不行?我受伤这事谁也不准往外说,特别是对上级领导要把嘴巴封上。咱们丑话说在前头,谁说了我就处分谁!能不能做到?"

"能!"大伙儿只有违心地说。

"那妥,我和一些同志去开会,留下的抓紧做搬家准备。"王进喜说完,站起来往前走,可没走两步就疼得站住了。

孙永臣说:"你腿伤成这样就别去了,我去开会,领导要问,我给你打马虎眼。"

王进喜摇头:"领导要是看不到我,你咋说?还是去!"说完,他用围巾把伤腿缠了缠,嘻嘻笑,"你看,谁也看不出来。"

早有工人跟老乡借来了马车,孙永臣叫四个工人照顾好队长,直奔会场。

这边,工人们接着拆井架。

那边,王进喜他们也赶到了万人誓师大会会场。

会场上,人头攒动,锣鼓喧天,彩旗招展,人声鼎沸,气势冲天。

王进喜披上双红绸带,胸前戴着大花,骑在一匹枣红色高头大马上,从松枝搭成的"英雄门"进入了会场。

王进喜在乐队簇拥下绕场一周,接受万人的欢呼和庆贺。然后,他作为主席团成员被请上主席台,坐在余部长和康世恩副部长中间。

赵大娘也来了,在主席台底下跟人叨咕:"王进喜呀,就是个铁人。"

大会首先由余秋里部长做大会战的动员报告,还讲到了铁人王进喜的事迹,再一次号召"学铁人,做铁人"。

王进喜听着领导表扬,心里不停地敲鼓,内疚让他很是不安。

余部长做完报告,由铁人王进喜发言。

王进喜强忍疼痛,装作没事似的走到台前,冲着麦克风,对着万名工人,大声喊着说:"盼了多少年了,大油田终于找到了。我们1205队一定要创造条件上,快安装,早开钻。咱们石油工人一声吼,地球也要抖三抖!我们要把地球钻穿,让大油海翻个个儿,把大金娃娃抱出来!"

他一把摘下前进帽,高高举过头顶,呼喊着:

"为了早日甩掉贫油的帽子,宁肯少活二十年,拼命也要拿下大油田!把我国石油工业落后的帽子扔太平洋去!"

王铁人面对万人立下的誓言,激起了万人欢呼——

"向铁人王进喜同志学习!"

"向铁人王进喜同志致敬!"

"人人学铁人!"

"人人做铁人!"

口号声如滚滚春雷,震撼着茫茫大草原。

跳进泥浆池

王进喜被抬进医院。

可他在医院没待两天,腿刚包扎好,就挂着拐杖,深一脚浅一脚地从医院回到了钻井队。他这么着急回来,是因为他的心里正惦念着一件要紧的事。

这个新的井位处于一个高压区,特别危险,很容易发生井喷。井喷就是地下气体、液体被高压快速压出地面,一旦接触到高温或易燃品,十分容易爆炸。王进喜担心出事,偏偏事故来了——当钻机钻到七百多米时,突然遇到地下高压气层……

井喷了。

好在王进喜根据打第一口井的经验,为预防井漏和井喷,事先挖了一个一百多平方米的大池子和一个备用池,备足了水,还储备了五百袋水泥。

由于地下压力过大,井喷得非常厉害。

强大的高压液柱冲出井口,直冲井架顶端——十米,二十米,三十米,越来越高。

王进喜发疯地喊:"全队集合!司钻,不管咋的也不能停钻,让钻杆一直在井里旋转。"

"看住明火,防备火灾。"孙秉科大喊,"快去安达调重晶石粉压井!"

王进喜一听急了,吼道:"等你调来重晶石粉,钻机早就掉到地球里头去了。"

孙永臣说:"那咋办?"

油、泥、水混杂的液柱越喷越猛,越来越高,发出的喷射声响得对面听不清说话声。

一场大事故就要发生!

紧急中,王进喜忘了伤痛,对大家喊:"战友们!弟兄们!我们就是搭上这条命,也要压住井喷。水泥掺黄土,压井!都上!"

一声号令,全体行动。

大家嗷嗷号叫着,有的搬起水泥袋子就往泥浆池里倒，有的用铁锹、双手往池子里扒黄土。

扑通！扑通！扑通！

不一会儿，几十袋水泥和一车黄土就填进泥浆池里。

可是，王进喜马上发现了问题——水泥沉入了池底，与水、黄土混合不好，池底的上水管口也糊住了，泥浆泵抽不上来。

没有搅拌机，也没有泥浆枪……

呼呼！呼呼！呼呼呼……

哗哗！哗哗！哗哗哗……

井喷的液柱直冲天空，如冲垮堤坝的洪水，咆哮声传出十几里外。

如果不能及时压住井喷，就会机毁人亡……后果不堪设想。

"就是豁出命来，也绝不能在我手里发生重大事故！"王进喜牙一咬，扔掉双拐，一纵身——

扑通！

王进喜飞身跳进泥浆池，泥浆飞溅。

他挥动双臂，蹬着双腿，搅动起泥浆。

哗啦！哗啦！哗啦——

泥浆随着王进喜身体的搅拌，渐渐混合在一起。

工人们见队长跳下去了，也学着队长的样子，纷纷跳下泥浆池，拼命划动着双臂，搅拌着泥浆。

"哎呀！队长咋不见了？"

司钻戴祝文忽然发现泥浆池里没了王进喜的身影，急得大叫起来。

他的话音刚落，王进喜呼地从泥浆里钻了出来，双手抹着糊在眼睛上的泥浆。

"队长，你钻到池子底下去了？"

"莲蓬头堵住了，不抠开，泥浆泵咋抽？"

哦！大家这才明白，队长原来是潜下去清掉堵塞泥浆泵口的杂物。

上水管线通畅了，两台高压大泵把用水泥、黄土配制的泥浆注入地下，硬是把井喷压了下去。

1205钻井队全体队员顽强奋战了三个多小时，井喷终于压住了。

可是，还泡在泥浆池里的王进喜精疲力竭，一点儿爬上来的力气也没了。

大家把他从池子里拉上来，只见他伤腿上的绷

跳进泥浆池

带纱布没了，伤口被泥浆浸泡、冲刷得血肉模糊，脸上、手上也被泥浆中的烧碱烧出了血泡。

"井，井……"王进喜指了下钻井，头一歪，昏倒在地上。

"王队长，你醒醒，醒醒啊！"

"队长，钻井保住啦！"

"正常钻进了！"

王进喜虽然没睁开眼睛，可嘴角露出了微笑……

埋掉斜井

"四一九"——一九六一年四月十九日,这个让王进喜刻骨铭心的日子,也是1205钻井队蒙羞的日子。

"四一九"在大庆石油会战史上,是个让人痛心难忘的日子,后来被称为"难忘的四一九"。

是什么原因让"四一九"这个晴朗的日子变成了黑色呢?

这要从钻井指挥部的"高效率"说起。

钻井指挥部在一九六一年三月就发出战斗号令:钻井队要在三月和四月钻井"五开五完""六开六完"。

"五开五完"就是"开工五口井完工五口井";

"六开六完"就是"开工六口井完工六口井"。

说到底,就是钻井要执行规程,严格管理,技术当先,保证质量,不能打坏一口井,还要保证进度。

要达到这样的钻井高速度、高质量,就得认真施工,严防死守,马不停蹄,连夜奋战,歇人不歇钻。

王进喜不但是个急性子,而且事事争强好胜,事事不甘落在别人后头,事事都要拿个头彩。这样一来,要想超过别的钻井队,1205队就得发疯干了。

在刚来到萨尔图草原打萨-55井时,1205队用了五天零四个小时就打完了第一口井,创造了当时的最高纪录,这也是1205队到大庆的第一个纪录。

当然了,"五开五完""六开六完"也是王进喜的1205队创造的,不打废井。

"国家需要石油,更多的石油!"王进喜站在钻井台上指挥着钻井,高声喊着,"要为祖国多打石油,我们就是火车头!"

俗话说：忙中出错。

再老的工匠也有失手的时候。

在快速打井时，1205队把一口井打斜了！

"偏了多少？"王进喜严厉地问技术员。

技术员吓得支吾着："井……井底偏……偏移十几米……"

"十几米！"王进喜跺着脚，手指戳向地面，瞪着眼珠子吼，"就是差十厘米，都会影响油井的寿命！你不知道吗？"

技术员被训得不吭声了。

过了一会儿，王进喜的气稍稍消了些，拍拍技术员的肩头，低声说："对你吼，是我太急了，是我不对。这个责任该我担。"

丁零零！

电话响了。

"王队长，指挥部要你去开会。"听筒里传来通知。

这一天上午，会战指挥部在文化村油建指挥部小礼堂召开了一个有一千多人参加的大会，集中解决钻井过程中出现的质量问题。

来开会的有各单位领导，大队和基层干部，采油工人和钻井工人代表。会议室一排排木条凳坐得满满的，没座的都站在过道上。

这是一个批评会。

"质量是油田的生命。谁不讲质量，我就和他拼命。"总指挥康世恩大发雷霆，涨红着脸说，"那么多的井，打偏了，报废了，我做总指挥的心疼啊！你们就不心疼吗？啊？"

这边台上正批评着呢，王进喜来了。

来晚了。

王进喜前脚一迈进门，1205队的工人小冯赶紧拉住他，低声说："快躲起来吧！康总正发火批评呢！"

王进喜膀子一晃，挣开小冯的手，说："披红戴花时，让我往头里走当英雄；挨批了，叫我趴下当狗熊！咋能这样？"

于是，他挺直腰杆子进了礼堂，径直走上台，站在三位领导身边等着挨批。

康世恩一扭头，见铁人王进喜来了，说："说铁人，铁人到。你就站在这儿听着吧！"

王进喜闷闷地说:"我耳朵支棱着呢!"

康世恩不留情面,严肃地说:"我讲过谁不讲质量我就和谁拼命,你王进喜工作没做好也要批评你。让人痛心的是我们的钢铁钻井队,在先进的时候就埋下了垮台的隐患,先从质量上要垮台了!王进喜呀,你不能光有张飞的猛劲,人家张飞还粗中有细呢,你该细的时候就得细!"

王进喜的额头冒汗了。

第二天一大早,王进喜就跑到钻井指挥部,先做了检讨,之后请求把1205队打偏的那口井填掉。

"我们今天填掉的不仅仅是一口废井,是要把存在的低标准、老毛病、坏作风一块儿填掉!"王进喜声音哽咽,说,"我们1205队从来没有像今天这么丢脸,羞耻啊!"

他说完,把一袋子水泥扛到背上,就好似压着一座山,迈着沉重的步子走在前边,工人们眼含热泪跟在后头。

哗哗!

一袋袋水泥倒进井口……

斜井埋上了，王进喜的心头也仿佛被堵上了。

为了牢牢记住这个沉痛的教训，王进喜让工人们留下井口一米多高的铁管，说："让它永远立在这里，它就是我们的耻辱柱啊！"

说完，他蹲在地上，双手捂住脸，呜呜哭了起来……

以后，工人们常把耳朵贴在"耻辱柱"上听，说能听到王队长当年的哭声。

王进喜也常常来到"耻辱柱"前，默默地听着从地下传上来的声音，听什么？是在听刻骨铭心的教训！

挥泪埋死了这口斜井，王铁人狠狠抹了把泪水，说："埋掉这口井，我们就是要埋掉马虎、凑合、不负责任的坏作风，就是要树立当老实人、说老实话、办老实事，严格要求、严密组织、严肃态度、严明纪律的'三老四严'的好作风。今天是四月十九日，是我们的'羞耻日'！这根柱子，就是我们的'耻辱柱'，大家都要死死记住这个不光彩的日子！每年的'四一九'，我们都要来这里忆耻思荣！再不干羞耻事，消灭质量事故。从今天

埋掉斜井

起，我们要优质高效地钻井，把耻辱深深地埋在地底下！"

要想优质高效地钻井，那就得多钻研。王进喜也是真的像他前面说的那样做的。

比如，打"三一笔直井"①的关键在钻头。他们多次向大庆内外的专家请教，反复实验，提高了刮刀片的强度和韧性。改进一次三刮刀片，就拿上钻井台，由王进喜亲手扶刹把做实验。实践一次，总结一次，改进一次。经过一百多次改进，三刮刀钻头的强度和韧性不断提高。

使用改进的三刮刀钻头，一天可以钻井一千零三十二米，钻头过了千米大关。

后来，已经升任钻井指挥部副指挥的王进喜还不满足，他说："这是小'三一井'，我们要革'小'字的命，不换钻头，用一个钻头，一天打一口笔直井。"

果然，钻井速度逐月上升。两个队都实现了"九开九完"，月进尺超过万米。

---

① 三一笔直井：一个钻头，一天时间，打一口井斜在三度以内的优质井。

跟师父学的

　　王进喜是从大西北甘肃来的,从玉门带来的老羊皮袄到大庆就没离过身,平常挡风,雨天遮雨,夜里当被,擦手当毛巾……手上有脏玩意儿就往老羊皮袄上蹭,蹭得油光锃亮。

　　"队长,你这老羊皮袄都能当镜子了。嘻嘻!"小青年跟王进喜逗笑。

　　王进喜也嘻嘻笑,说:"别看老羊皮袄脏,可心里头干干净净,亮光光。"

　　小青年说:"队长,有工夫我给你擦擦。"

　　王进喜抬手一挡,说:"别麻烦了,往后我不擦手了。"

　　他说是这么说,可过后就忘在脑后了。

朴素诚实，胸怀坦荡，为人正直，知错就改，是王进喜招人喜欢的地方。他说的话也挺绝："一张脸值多少钱？该丢就丢。"

转眼到了一九六三年夏天，松嫩平原上一眼望不到边的墨绿随风涌起草浪，如广阔无垠的大海。

这天，钻井二大队开大会，通知了北油库一批实习生都来参加。

开会时间到了。

王进喜看眼手表，抬头往窗外张望，这些学生咋还没来？

过了十几分钟，还是不见学生们的影子。

迟到！

严重迟到！

王进喜心头火起。

当那些实习生气喘吁吁地一进屋，迎接他们的是王进喜劈头盖脸的呵斥——

"咋的，你们没长腿呀？"

"时间在你们心里头就停了呗！"

"这是油田，不是在你家！"

……

实习生们被训得都低下了头,他们早就听说王队长厉害,没一个敢吭声。

"开会!"王进喜气冲冲地吼了声,对实习生们说,"往后不许再迟到了!听见没有?"实习生们参差不齐地回答:"听到了。"

过后,有人跟王进喜说,这些学生开会迟到是有原因的——他们住的地方有三十多公里远,没有专车接送,是起了大早,先搭了一段车,后来用双脚走到会场的。

"哎呀!"王进喜一拍脑门儿,悔恨地说,"我可把那些学生给冤枉透了。他们该有多委屈啊!"

二话不说,他骑上"小黑兔"(他自己在玉门买的匈牙利制造的"确贝尔-125型"摩托车),突突突地一溜烟赶到实习生住处,赔礼道歉。

"我是个好人,可好人也有犯错的时候。"王进喜真诚地说,"还请娃们多多原谅。我保证改,改掉不调查研究就乱批评人的坏毛病。"

实习生们一下子拥上来,拥抱着他喊着:

"原谅王队长啦!"

"也怪我们没说明情况。"

"王队长我爱你!"

王进喜听着,脸红了,红得发涨,是羞愧。

打这儿起,王进喜留心自己,不再话拿过来就说,要先在心里头过一遍再吐口。

可是,江山易改,禀性难移。一九六五年深秋,已经担任副指挥的王进喜去托儿所看望阿姨和孩子们。

"哇哇哇!"

刚走到门口,他就听见娃娃的哭声,急忙推开保育室的门,一个娃子坐在地上抹着眼泪哭得不行。

"阿姨呢?"王进喜大嗓门儿一吼,把门窗震得直哆嗦。

一个年轻妇女抱着孩子小跑着奔过来,问:"王副指挥,怎么了?"

"还怎么了?"王进喜指着她说,"你这个婆娘,钻井工人们在那边干活,你在这边让孩子坐地上哭……"

阿姨看着王进喜,既不生气,也不辩解,还脸上带笑。

"哎呀！"王进喜来气了，说，"还笑！你还觉着有理了？"

托儿所所长赶过来，把王进喜拉到一边，悄声说："老铁啊，人家抱的是别人的孩子，坐在地上哭的是她亲儿子。"

"啊！"王进喜觉得耳边打了声雷，一个劲儿嗡嗡……

他转身到阿姨跟前，握着她的手道歉："小同志，真是对不起！毛主席说没有调查就没有发言权。我不了解情况就乱批评人，是我错了。"

阿姨说："误会，误会……没啥，没啥。"

王进喜越发诚恳，说："虽说误会，可我要求你：一要担待，二要批评，三要给我提意见。"

阿姨是个小媳妇，被王进喜知错就改的诚恳态度感动得眼圈发红……

"嗨！我真浑！"王进喜敲着自己的脑袋，跟自己叨念："'没有调查就没有发言权'，今天咋就又犯了？要改掉这个坏毛病，就该听毛主席的话，灵魂深处闹革命。"

做了指挥部的副指挥，王进喜常常到钻井队检查工作,俗话叫"跑井"。

他来到钻井队,一直检查到开午饭。

食堂里,他一眼就看到一个钻工满手铅油,没洗,往工装上蹭了蹭,抓起一个馒头就往嘴里塞。

王进喜上前问:"你往身上擦,跟谁学的?"

那个钻工嘴里嚼着馒头,呜噜着说:"跟我师父学的!"

"你师父是谁?"王进喜问。

"赵师傅。"那个钻工答着,指了下旁边的师父。

王进喜走到赵师傅跟前,问:"往工装上擦手是跟你学的?"

赵师傅说:"嗯哪!我是和队长学的。"

王进喜又去找队长。

队长刚吃完,把手往工装上蹭着,说:"老队长,我是和你学的。"

"我……"就像鱼刺扎在嗓子眼卡住了,王进喜张着嘴,好半天说不出话。

沉默了好一会儿,他摇摇头,叹气说:"唉!同志们啊!我放牛娃出身,又讨过饭,寻思'不干不净，吃了没病'，不怕脏是好习惯，是朴素，是钻工的豪爽，今天想来，这是不讲卫生的坏习惯。我已经改了，大家也要改。"

一个工人逗趣地说："咋改呀？"

王进喜手一挥，说："每人发一条毛巾。"

"嗷嗷！改！"工人们喊了起来。

三根白发

这天一大早,天就阴成了河,笼罩着乌云的原野一片黑绿。

高空中翱翔着一只草原雕,平展着巨大的翅膀凭着气流缓缓飞动。突然,从草地上蹿出一只野兔,草原雕平展的翅膀收拢了,朝奔跑的野兔俯冲……

你来自遥远遥远的天上,你来自圣祖安养的殿堂,你有那圣祖美丽而神奇的传说,你有那圣祖赐给的力量。天上的神鹰,草原上的雄鹰,我为你祈祷,我为你歌唱……

1205队年轻的工人张启刚,是王进喜从玉门带来的架子工。他爱唱秦腔,看到空中的草原雕,不禁唱了起来。

一块钢板瞬间从井架上脱落……

张启刚的歌声戛然而止。

"啊!"

大家惊呼着围上来,钢板正砸在张启刚头上,张启刚停止了呼吸。

王进喜听到信儿发疯地跑来,抱着张启刚号啕大哭。

这个爱说爱笑爱唱的小伙子,是1205队建队以来头一个因工牺牲的,又是最叫人喜欢的一名工人。

"你……你是咋整的?"王进喜把悲痛撒在当班司钻身上,围着钻井台一圈一圈捶打……

工人们七手八脚地截住王进喜。

"我的好兄弟,你咋就这么走了呀——"王进喜止也止不住地号啕。

大家安慰好半天,王进喜才稍稍平静,喃喃地说:"给张启刚好好安葬。"

工友们为张启刚挖了坟，立了墓碑。

墓碑上刻着：纪念碑，张启刚烈士之墓。两侧是"为油而死，永垂不朽"。墓碑后是大大的墓冢。

办完张启刚的后事，王进喜首先想到的是张启刚年近七十的双亲。儿子不在了，两位老人的生活咋办？

"要照顾好两位老人。"王进喜嘱咐大队干部，"抚恤金一定要尽快一次性妥善办好。两位老人的长期生活补助费也要落实好，怎么邮寄，你们想好方法。"

大队干部说："放心吧！我们一点儿也不会差。"

王进喜眼圈里转着眼泪说："张启刚连媳妇都没娶，就这么走了。你们听着，往后他爹妈就是咱们的爹妈，要把两位老人供养到百年。"

说完他从口袋里掏出三十元钱、二十斤粮票交给党支部。"队里要每月给老人写一封信，定期寄钱和粮票。"王进喜叮嘱。

"还有，谁要是探家路过他家，都得去看老人。有困难就跟大队申请补助。"王进喜接着提议，

"我们掏些钱粮吧!"

1205队在大队长的带动下,纷纷捐钱、捐粮票,给张启刚父母寄去。

半年过去了,天冷了,草原黄了,工人们穿起了棉装。

这时,邮递员送来一封张启刚母亲寄来的信,信封上写着"王进喜收"。

王进喜打开信,一行一行地仔细看着——今年的收成很不好,生活没了着落,希望领导帮助解决……

老妈妈想儿子,要承受白发人送黑发人的心痛,还要承受生活的艰难。老人家难啊!

信纸有两页,夹在中间的三根白发飘了下来。

王进喜弯腰拾起长长的白发,双手捧着,是那么沉重,手在发抖,心也在发抖……"三根白发揪我心哪!秦腔里不是唱《三滴血》嘛,老妈妈寄来三根白发,你们想想老人家多难啊!我的心在滴血啊!"他叨念着,"老妈妈,别难过,我们都是你的儿子。"说着,泪水像断了线的珠子落下。

他一刻不懈怠,立马来到1205队。

"这是咋回事?"王进喜进了1205队办公室就问,"本来安排得好好的,为啥老人生活还那么难?"

队长一脸茫然,摊开双手说:"我们是按时照地址寄去的呀!"

"补助费寄哪儿去了?"他立刻让大队工会去调查个清楚。

事情搞清楚了。

每月寄去的钱,叫张启刚母亲村子里的另一个人给领走了,压根儿没到张启刚母亲手里。

查清原因后,王进喜重新安排邮寄方法和收寄人,追回以前寄去的钱款和粮票,还给老人家。

听说在二大队体验生活的一位作家小魏要回西安办事,王进喜找到他,拿出三十元钱、二十斤芸豆,托付说:"帮忙到礼泉去一趟,代表全大队去看望张启刚的爹妈。"

小魏拐道来到张启刚家,把钱和芸豆给了老人,说:"这些东西您老收下,不是我送的,我是代表大庆党组织,代表王铁人来看您的!"

老妈妈眼含着泪说:"感谢共产党、毛主席。

王铁人好啊,跟我亲儿子似的……"

二大队每逢有重大活动,王进喜都要领上干部工人到自建的"烈士陵园"去扫墓。

他对大家说:"我们石油工人为建设大庆,献出了汗水、心血和生命,这是忠心报国。杨家将为国杀敌,忠心报国,后人给他们编了不少戏文。我们也要给自己的工人写戏,告诉子孙后代不要忘了他们。"

王进喜扯嗓子吼起了秦腔:

松嫩大平原的蓝个莹莹的蓝,
大庆大油田的油滚呀滚向前。
流汗流血不怕没了命,
拼命也要拿下大油田!

总理送别

一九六六年五月十六日,"文化大革命"风暴开始席卷全国。

大庆油田的"造反派"纷纷行动,在百里油田上,一边是广大干部、工人按照部署坚持打井、采油工作,另一边是"战斗队"在煽动造反。

大庆油田处于瘫痪状态,王进喜果断决定到北京去一趟,找周总理说说。一九六六年十二月,王进喜来到北京向周总理汇报了大庆油田生产的严峻形势。返回大庆后,他走遍油田,贯彻周总理的指示精神,抓革命,促生产。结果,王进喜自己却受到了"造反派"的残酷迫害。在周总理的保护下,王进喜被接到北京,避免了更大的灾难落在铁人头上。

铁人哪里待得住？不久王进喜就离开北京，回到油田，参加生产。

一九七〇年四月，全国石油工作会议在玉门召开。王进喜作为特邀代表参加大会。会议期间，王进喜的胃疼实在让他挺不住了。

后来，王进喜被护送到北京治疗。

医生检查确诊，王进喜的病是胃癌晚期。

住院期间，每当油田人来看望铁人，他都要问："打了多少新井？有啥新创造？还有什么困难？"

病床上的王进喜喘气都费劲了，可他还是牵挂着油田，牵挂着钻井，牵挂着工人们的生活……

七月份以后，王进喜感觉好一些了，他在医院里住不下去了，就叫嚷着出院。

王进喜不安心治疗的消息传到周总理那里，周总理急忙赶到医院，向医生问询王进喜的病情，怎么治疗……

医生对周总理默默摇头。

周总理听着，心头像压了块大石头。

他来到王进喜病床前，握住他的手，说了好多贴心话，嘱咐铁人头等大事就是安心养病，等治好病、养好了身体，再工作。知道铁人想念大庆的同志，可以让同志们分期分批来看望……

周总理轻轻拍打王进喜的手背，深情地望着王进喜。

铁人的眼眶已经汪满了泪水，他轻轻地说："总理，一握你的手，就不那么疼了……"

周总理走后，两滴大大的泪珠滚下王进喜的脸颊，他以后再也不提出院了，觉着再提就对不住周总理了。

一天，1205队的小王代表工人来看望王进喜，无意间提到了蟑螂。

"真是受不了啦！"小王摇着头说，"不少钻井队和家属住房里，臭虫、蟑螂都翻了天了。"

"消灭它们！"王进喜从病床上支撑着身子坐起来，说，"咋能让工人和家属受这个洋罪！"

于是，他托人在北京买了杀虫剂，让小王带回去，嘱咐说："这些药带回去，一定要安排专人负责，一个队一个队地去打。打完了还要检查，看灭净了没有。"

"嗯！"小王答应着，"一定一定。把那些臭虫、蟑螂药得一只不剩。"

病魔折磨着王进喜，让他在病床上翻来覆去地坐也不是，躺也不是，吃也不是，喝也不是……可嘴里还是叨念着油田，牵挂着生产，惦念着工人……

医生、护士们听着，一个个眼含热泪，可他们不敢当着王进喜的面哭，只能背过身子抹泪水。

一九七〇年十一月十五日，中国工人阶级的优秀代表铁人王进喜，因胃癌医治无效，停止了呼吸，那年他才四十七岁……